Titus Müller

Das kleine Buch für Lebenskünstler

BRUNNEN
Verlag Giessen · Basel

FSC
Mix
Produktgruppe aus vorbildlich
bewirtschafteten Wäldern und
anderen kontrollierten Herkünften

Zert.-Nr.GFA-COC-001278
www.fsc.org
© 1996 Forest Stewardship Council

2. Auflage 2009

www.brunnen-verlag.de
Lektorat: Eva-Maria Busch
Umschlagmotiv: PantherMedia
Umschlaggestaltung: Ralf Simon
Satz: DTP Brunnen
Herstellung: CPI – Ebner & Spiegel, Ulm
ISBN 978-3-7655-1713-6

Nicht müde werden
sondern dem Wunder
leise
wie einem Vogel
die Hand hinhalten

Hilde Domin

Inhalt

Positive Vorurteile 7
Der Duft von Sonnencreme 10
Der „Ich-koste-alles-pur“-Tag 13
Unerfüllte Wünsche 16
Wolkentage 19
Ein Leben, das danke sagt 22
Regen in London 27
Banksy verblüfft die Welt 31
Herr S. 35
Privilegien 39
Manager 44
Quakenbrück und Goldene Klinke 47
Gut von sich denken 50
Jubeljahre 53
Mit anderen lächeln 57
Gott spielt im Dunkeln Gitarre für mich 61
Ein Nest mitten im Weltraum 65
Warnungen im Kopf 68
Wie Gott uns berührt 71
Wir dürfen nicht blind werden 76
Alte Leute mit Humor 80
Adventskalender 83
Mann, Frau, Leistung 87

Mein außerirdischer Freund 91
Gras, Luft, Licht 97
„Schuhe kaputt?“ 103
Charlie Chaplin 105
Hören wir noch zu? 110
Heute lebe ich! 113
Mehr wäre möglich 116
Barfuß im Schnee 121
Picknick im Reichstag 124
Das Bild im Kopf 127
Bauen, Forschen, Herrschen 131
Auf den zweiten Blick 133
Theaterprobe 139
Ein funkelnagelneues Fahrrad 142
Verspielt durch den Alltag 146
Die Wunde 149
Wir sind alle mal Tölpel 153
Keine Angelhaken schlucken 157

Positive Vorurteile

Ich musste gerade Milch kosten. Laut Haltbarkeitsdatum ist sie in der Nacht von gestern auf heute schlecht geworden. Brrr… Das ist die abscheulichste Küchenaufgabe: Milch zu probieren. Der säuerliche Geruch. Das Datum auf der Packung. Alles sagte mir, dass sie verdorben ist.

Oft habe ich Milch weggeschüttet, ohne sie zu kosten – allein die Vorstellung eines Esslöffels saurer Milch verdirbt mir für Stunden den Appetit. H-Milch wird bitter, das ist noch schlimmer. Heute habe ich trotzdem gekostet, und die Milch war süß. In allerbester Verfassung. Obwohl das Datum und der Geruch und meine Befürchtungen dagegen sprachen.

Das erinnert mich an eine Begebenheit vom vergangenen Wochenende. Ich besuchte eine größere Veranstaltung, und eine Freundin zeigte auf einen jungen Mann. „Den musst du kennenlernen, der ist total nett!" Ich sah ihn mir an. Dicke Silberkette um den Hals, Basecap. Ein Angeber. Nicht der Typ, mit dem ich ein Gespräch anfangen würde. Meinte sie wirklich *ihn?* Doch, sie meinte ihn. Wie kann ich mich in einem Menschen derart täuschen?

Natürlich, wir haben unsere Erfahrungen gemacht. Mit saurer Milch, mit Menschen, mit dem Leben überhaupt. Ich finde auch nichts daran, wenn wir uns eine Vorstellung machen von jemandem. Aber wie sieht diese Vorstellung aus? Neuerdings habe ich mir vorgenommen, den Menschen Vorschussvertrauen zu schenken. Ich will positive Vorurteile haben.

Zum Beispiel beim Autofahren. Ich werde ungern zu etwas gezwungen. Wenn ich beim Autofahren wegen einer kurvenreichen Strecke nicht überholen kann, habe ich keine andere Wahl, als mich dem Tempo meines Vordermanns anzupassen. Das kann, wenn er 30 Stundenkilometer unter meiner gewünschten Geschwindigkeit fährt, schon mal bedeuten, dass ich zornig die Hände ums Lenkrad krampfe. Gestern war es wieder einmal so weit. Ich habe mich furchtbar aufgeregt.

Dann fiel mir eine Frage ein. Warum fährt der so langsam? Gibt es einen *positiven* Grund dafür? Ich konnte durch seine Scheiben nichts sehen, es war schon dunkel. Also dachte ich mir eine Geschichte aus. Ich vermutete, ein junger Mann saß dort am Steuer, und neben ihm das Mädchen, das er liebt. Er muss sie nach Hause fahren, sie werden sich einige Tage nicht sehen. Ihre Liebe ist noch unausgesprochen, es sind Blicke, versehentliche Berührungen, zaghafte Andeutungen. Es schmerzt ihn, sie für den Abend und die nächste Zeit vermissen zu müssen. Also fährt er langsam, er dehnt die Zeit, bis er ihr Haus erreicht. Vielleicht bemerkt sie es und hofft, dass er aus diesem Grund langsam fährt, und brennt innerlich vor Freude.

Ich habe mir vorgenommen, den Menschen Vorschussvertrauen zu schenken.

Meine Hände entspannten sich. Ich lächelte. Wahrscheinlich waren es ganz andere Gründe, die der Fahrer hatte – aber lassen Sie sich von einem Geschichtenerzähler sagen: Was man nicht weiß, kann man sich fabelhaft ausdenken. Und Geschichten können guttun. Wir haben es selbst in der Hand, ob wir einen „Blödmann“ vor uns am Lenkrad haben oder einen Verliebten.

Es steht jedem frei, die Menschen um sich herum wie vermeintlich saure Milch wegzuschütten. Ich lerne allmählich, dass es besser ist, erst einmal vom Guten auszugehen. Oder wenigstens einen Versuch zu machen. Der Typ mit der dicken Silberkette und dem Basecap ist vielleicht der Freund, den wir schon lange suchen.

Der Duft von Sonnencreme

Manchmal irren wir uns in unserer Meinung über uns selbst. Ich zum Beispiel halte mich für faul. Die meiste Zeit bin ich böse mit mir selbst, weil ich denke, dass ich zu wenig tue. Als ich das neulich bei einer Lesung zugab, hob eine Frau im Publikum die Hand und sagte: „Das verstehe ich nicht. Da drüben sehe ich den Tisch mit Ihren Büchern, er bricht bald zusammen. Sie haben all diese Bücher in den letzten fünf Jahren geschrieben. Wann waren Sie faul?"

Da habe ich begriffen: Irgendwas stimmt nicht mit dem Bild, das ich von mir selbst habe. Ich habe nachgedacht und festgestellt, dass ich mir eine unmögliche Aufgabe gestellt hatte. Für mich galt nur die Arbeit am Romanmanuskript als wirkliche Arbeit, alles andere betrachtete ich als Ausflucht, als Spielerei. Interviews zu beantworten, in weit entfernte Städte zu reisen und Lesungen zu veranstalten, Recherchen, Zugverbindungen zu buchen und E-Mails zu beantworten – das zählte nicht.

Offenbar können mich nicht nur Dinge unglücklich machen, die mich wirklich bedrohen oder belasten, sondern auch erfundene Dinge. Wenn ich mir im Kopf sage: Du bist faul. Du taugst nichts. Oder wenn ich mir im Kopf sage: Du siehst blöd aus. Und so weiter.

Manchmal brauchen wir andere Menschen, um uns selbst liebevoll sehen zu können. Die Familie zum Beispiel. Das Schöne an der Familie ist, dass man sich dort entspannt. Immer muss man irgendwie sein: Bei Lesungen muss ich gut gelaunt sein und erfolgreich wirken, in der Bahn muss ich höflich und rücksichtsvoll sein, im Straßenverkehr reaktionsschnell, bei Frauen selbstbewusst. Aber in der Familie, da kann ich so sein, wie ich mich gerade fühle. Das liegt daran, dass einen die Familienmitglieder schon in der schlimmsten Verfassung gesehen haben. Die kennen alles. Masken wären nutzlos. Deshalb setzt man dort keine Maske mehr auf. Es ist wohltuend.

Dabei existieren die Grenzen und Erwartungen zuerst und vor allem bei mir im Kopf. Vielleicht würde gar nicht die Welt zusammenbrechen, wenn ich an einer Straßenkreuzung nicht zügig anfahre. Oder wenn ich einem Lesepublikum sage, dass ich gerade müde bin und überhaupt Zweifel habe, ob ich in der Lage bin, einen weiteren Roman fertigzustellen.

Diese Grenzen im Kopf lassen sich zum Glück

bewegen. Meine Gedanken haben viel Einfluss darauf, was ich schaffen kann. Wenn ich mir vorstelle, in eine Zitrone zu beißen, wird sofort der Speichelfluss angeregt – mein Körper reagiert auf meine Gedanken. Wenn ich vor einem Gebirge stehe und mir sage: Diese Berge kann ich nicht überqueren, sinken sofort meine Schultern, meine Beine werden schlapp und ich fühle mich müde. Denke ich aber, dass ich das Gebirge bezwingen kann und werde, dann bin ich kräftiger. Ich schaffe es.

Meine Gedanken haben viel Einfluss darauf, was ich schaffen kann.

Manchmal beeinflusse ich mein Tagesgefühl bewusst. Ich höre fröhliche Musik oder einen prachtvollen Film-Soundtrack. Ich gehe ins Bad, öffne eine Flasche Sonnencreme und rieche daran. Sofort habe ich das Gefühl, am Strand zu liegen, ich spüre geradezu die Sonne auf dem Bauch. Der unverwechselbare Duft ruft schöne Erinnerungen wach.

Vielleicht sind wir Autoren besonders launische Menschen. Also müssen wir lernen, die Emotionen in gute Kanäle zu lenken.

Wie sind Sie gerade gelaunt? Was behindert Ihre Zufriedenheit? Sind es Grenzen im Kopf? Die können mitunter völlig unrealistisch sein. Sind es Launen? Leiten Sie sie in eine neue Bahn! Sie haben mehr Möglichkeiten, Ihr Leben zu steuern, als Sie glauben. Vertrauen Sie einem launischen Autor.

Der „Ich-koste-alles-pur"-Tag

Gerade habe ich einen dampfenden Teller aus der Küche ins Zimmer getragen und mir ist ein Maiskorn heruntergefallen. Ich stellte den Teller ab, hob es vom Boden auf und – dafür schäme ich mich kein bisschen – aß es. Seltsam, dachte ich, so schmeckt Mais. Das Maiskorn gehört zum Aldi-Buttergemüse, das ich so gern esse: Möhren, Erbsen, Mais; außerdem hatte ich Kartoffeln gebraten und Camembert im Ofen gebacken. Ich hätte all das zusammen auf die Gabel genommen, von jedem ein wenig, und es in den Mund gesteckt. Dabei wäre mir der Geschmack eines einzelnen Maiskorns entgangen.

Hiermit erkläre ich diesen Tag zum „Ich-koste-alles-pur"-Tag.

Ich habe gleich das Sonnenblumenöl gekostet,

das ich für die Bratkartoffeln in die Pfanne gegeben hatte – es schmeckt weich! Margarine habe ich auch schon gegessen. Sie schmeckt säuerlich, das ist mir noch nie aufgefallen.

Ich habe Allmachtsfantasien. Als es neulich kräftig geregnet hat, bin ich ans offene Fenster getreten und habe mir vorgestellt, der prasselnde Regen sei der Applaus von Tausenden und Abertausenden Menschen, die mir zujubeln. Ich habe mich gnädig am Fenster gezeigt und die begeisterten Massen gegrüßt. (Die Freunde, mit denen ich gerade zusammen war, haben über mich gelacht.)

Wäre ich der Allmächtige, der sich das Essen ausgedacht hat, dann gäbe es nur eine Mahlzeit, die alle Bedürfnisse des Körpers nach Vitaminen, Mineralien, Fettsäuren und Kohlenhydraten abdeckt, und in fünf Geschmacksrichtungen vorkommt. Sie wäre leicht zu verspeisen. Man müsste sie nicht kauen, es wäre eine dickliche Trinkspeise. Ihre Zubereitung würde dreißig Sekunden dauern, ohne dass dabei ein Topf schmutzig wird, den man dann abwaschen muss.

Aber zum Glück bin ich nicht der Allmächtige. Gott ist einfallsreicher als ich. Selbst unter das Eis der Antarktis und in die Tiefen der Meere, wo wir kaum je hinkommen, hat er in seiner verschwenderischen Liebe zur Vielfalt einzigartige Tiere und Pflanzen gesetzt. Wie viele Menschen waren in den letzten sechstausend Jahren auf dem Meeresboden oder unter dem Eis? Dreißig? Für die dreißig hätte ich nicht eine einzige Tierart erfunden. Lohnt sich doch nicht.

Dieser übersprudelnd kreative Gott hat das Essen sehr abwechslungsreich gestaltet. Allein seine Beschaffenheit! Es knackt, wenn wir hineinbeißen, es gibt weich nach wie Schaumstoff, es spritzt, es knistert, es platzt, es gurgelt, es schäumt. Und es lockt unseren Gaumen mit tausenderlei Geschmacksrichtungen. Ich mag bitteres Leinöl. Ich mag saure Apfelsinen. Ich mag Erdbeeren, Kartoffeln, Nüsse, Wassermelone. Ich liebe Thunfisch. Ich liebe Mais, weil er so gut zu Thunfisch passt. Ich esse gern süße junge Erbsen. Ich esse gern Kiwi.

Der Geschmack eines Maiskorns zeigt Gottes verschwenderische Liebe zur Vielfalt.

Sind Ihnen schon mal die Farben aufgefallen? Allein im Aldi-Buttergemüse kommen rote Möhren, grüne Erbsen, gelber Mais und weißer Blumenkohl vor. Ich hätte es sicher so gemacht: Alles Gemüse ist grün, alles Obst ist gelb und alles Fleisch ist rot.

Ich habe Schubladen im Kopf.

Neuerdings gibt es Getränke zu kaufen, die 50 Prozent des Tagesbedarfs an Obst und Gemüse abdecken. Was Gott schön abwechslungsreich geschaffen hat, panschen wir zu einer Farbe, einer Form und einer Geschmacksrichtung zusammen.

Die Zeit ist reif für einen „Ich-koste-alles-pur"-Tag – finden Sie nicht auch?

Unerfüllte Wünsche

Als Autor ist man arm und reich. Und zwar im Wechsel. Wenn der Vertrag über einen neuen Roman abgeschlossen wird, bekomme ich viel Geld aufs Konto. Ich kann eine schöne Reise machen, kann mir ein Auto kaufen, einen Computer. Dann wieder gibt es Dürrezeiten. Ein Buch floppt. Mein Verlag meldet Insolvenz an. Plötzlich muss ich jeden Cent umdrehen.

Ich bin also einen schwankenden Lebensstandard gewöhnt. Mal kann ich alle paar Tage ins Kino gehen. Ein paar Monate später kann ich mir das Kino nicht mehr leisten. Mal kann ich mir kaufen, was mir gefällt. Dann wieder muss ich mir die Erfüllung meiner Wünsche versagen.

Wir werden von der Werbeindustrie so erzogen, als seien unerfüllte Wünsche etwas, das uns quälen muss, bis wir sie erfüllt bekommen. Und es ist ja tatsächlich schmerzhaft, sagen zu müssen, das geht nicht, diesen Wunsch kann ich mir nicht erfüllen.

Meine Lösung: Ich schlage mir nichts aus dem Kopf. Gar nichts. Was ich nicht bezahlen kann, schreibe ich auf einen Zettel. Wie die Wunschliste, die ich früher als Kind zu Weihnachten geschrieben habe. Es ist gut, Wünsche zu haben. Und ich freue mich über alles, was ich notiere. Manches werde ich mir nie leisten. Manches verwerfe ich schon Tage später, weil es mir nicht mehr wichtig ist. Auf anderes, ein Buch, einen Film, eine CD, fiebere ich lange hin. Dadurch, dass ich es mir aufschreibe, habe ich nicht mehr das Gefühl, dass es mir verwehrt ist. Ich muss einfach nur ein bisschen darauf warten.

Wenn es einen Aufzug zum Himalaja gäbe, wäre es kein Abenteuer, das Gebirge zu besteigen.

Als ich noch zur Schule ging, fuhr ich mit meinem Freund Basti einmal zum Flughafen. Wir sahen den startenden Flugzeugen zu und wünschten uns, darin zu sitzen und in ein fernes Land zu fliegen. Wir nahmen uns vor, eines Tages gemeinsam durch Amerika zu reisen. Jahrelang sprachen wir davon, wie toll das wäre. Und dann machten wir ernst. Wir jobbten und verdienten uns Geld. Wir stiegen in ein Flugzeug, flogen übers Meer, mieteten uns ein Auto und fuhren quer über den Kontinent. Es war fantastisch!

Die Zeit, in der wir noch davon träumten, war beinahe genauso ein Teil der Reise wie die Reise selbst. Auch wenn uns heute beigebracht wird, dass wir alles sofort haben müssen – das ist nicht wahr. Es ist gut und in Ordnung, einige Zeit zu träumen und sich auf etwas zu freuen. Es macht das Ereignis nicht kleiner oder wertloser. Im Gegenteil: Die Freude wird größer.

Manchmal werde ich ungeduldig während der Arbeit an einem neuen Roman. Am aktuellen Roman arbeite ich seit über einem Jahr, jeden Tag schreibe ich und verwerfe wieder und schreibe neu. Ich habe mir oft gewünscht, auf magische Weise plötzlich fertig zu sein. Aber wenn es einen elektrischen Aufzug zu den Gipfeln des Himalaja gäbe, wäre es kein Abenteuer, das Gebirge zu besteigen. Und wenn man im Handumdrehen Romane verfassen könnte, wäre es keine Herausforderung mehr, sie zu schreiben. Es darf schwer sein. Ich möchte, dass es ein Abenteuer ist.

Vielleicht wünschen Sie sich etwas, das Sie sich momentan noch nicht leisten können. Vielleicht haben Sie einen Traum, den Sie sich hart erarbeiten müssen. Dieser Teil gehört dazu. Es heißt, wer träumt, verpasst das Leben. Ich sage, wer träumt, ist bereits auf dem Weg ins Abenteuer.

Wolkentage

Als Schulkind habe ich die Tage in zwei Kategorien eingeteilt. Es gab diejenigen, an denen ich auf dem Schulweg den Blick nach unten gerichtet hielt und blind für die Welt war. Und es gab Tage, an denen ich neugierig nach rechts und links sah. Und nach oben – deshalb nannte ich sie „Wolkentage“, weil ich gern den Himmel betrachtet habe und die Form der Wolken.

Gestern war ein Wolkentag. Als ich an einem Gebüsch vorüberging, hörte ich ein Rascheln. Ich bin stehen geblieben und habe hineingespäht. Da waren zwei Igel, die sich auf ihrem Weg schnaufend unterhalten haben.

Dann sah ich einen kleinen Jungen, der neben seiner Mutter die Straße hinaufging. Die Mutter hatte leere Hände. Der Junge trug eine gefüllte Plastiktüte. Aber *wie* er sie trug! Er hielt die Faust, die den Griff umschlossen hatte, nach oben, den Ellenbogen nach unten eingeknickt, und sah beim Laufen der Tüte zu, stolz und über sich selbst erstaunt, dass er stark genug war, sie zu tragen.

Zu Hause habe ich mich bäuchlings auf den Fliesenboden im Bad gelegt und eine Spinne beobachtet, die von einer Ecke in die andere marschierte. Sie hatte haarfeine Beine, so dünn, dass ich mir kaum vorstellen konnte, wie sie den Körper tragen. Was frisst sie in meinem Bad? Silberfischchen? Das Bad ist groß. Ich kann es mit einer Spinne teilen.

Was können Sie um sich herum sehen an einem „Wolkentag"? In der Wohnung keine Spinnen, schon klar. Aber vielleicht eine Fliege? (Hätten Sie Spinnen, wären Sie die Fliege los, das ist Ihnen hoffentlich bewusst.) Fährt der Wind durch das Laub der Bäume draußen? Singt eine Amsel? Zieht ein Flugzeug über den Himmel?

Wir halten es für selbstverständlich, dass wir

sehen, schmecken, riechen, fühlen und hören. Aber das ist es nicht. Meistens haben wir gar keine Kraft dafür. Wir sind so beschäftigt und belastet, dass wir unsere „Schulwege" mit hängendem Kopf zurücklegen. Ich bin dankbar für jeden Tag, an dem es mir nicht so geht und ich fröhlich und neugierig meine Umgebung wahrnehmen kann.

Neulich habe ich ein Ehepaar gesehen, das am Straßenrand anhielt, aus dem Auto stieg und die Gegend fotografierte, in der ich lebe. Das fand ich seltsam – zuerst –, aber dann hat es mir geholfen. Ich hatte ganz vergessen, wie schön es hier aussieht.

Öffne ich die Augen weit, weil ich staune und vertraue, dann wird es hell in mir.

Christina mailte mir: „Ich habe das Glück, dass ich mit schwerstbehinderten blinden Kindern arbeiten darf. Sie sind Helden darin, schöne Geräusche wahrzunehmen und sich an den kleinsten Dingen zu freuen. Da ist ein kleiner Junge, der das Knistern von Geschenkfolie so klasse findet, dass er stundenlang vergnügt dasitzen und dem Geräusch lauschen kann. Ein anderer liebt es, an stürmischen Tagen draußen in seinem Rollstuhl zu sitzen und den Wind über sein Gesicht streichen zu lassen (es ist einer der seltenen Momente, in denen er richtig lächelt … Sonst tut er das nur noch, wenn ich ihm vom Himmel erzähle). Wie oft rücken mir diese Kinder mit ihrem stillen Staunen das Leben wieder zurecht."

Ich kann mir meine Augen wie Fenster vorstellen, die Licht in mich einlassen. Kneife ich sie missmutig zusammen, ist mein Inneres wie ein dunkler Keller. Öffne ich sie weit, weil ich staune und vertraue, dann wird es hell in mir.

Ein Leben, das Danke sagt

Mit dem Wort Dankbarkeit verbinden wir nicht die besten Erinnerungen. Tanten gaben uns ein Bonbon und forderten dann: „Was sagt man?" Freunde nahmen uns bei einer persönlichen Katastrophe nicht in den Arm, sondern trösteten uns mit dem Hinweis, wir könnten doch dankbar sein, dass es nicht noch schlimmer gekommen ist.

Dankbarkeit bedeutet aber nicht, dass man über eine Situation nicht traurig sein darf. Sie bedeutet nicht, wie ein Mantra zu wiederholen: „Alles hat sein Gutes.“ Dankbar zu sein ist weder Pflichtprogramm noch Allheilpflaster.

Was ist es dann?

Es ist das größte Alltagsgeheimnis dieser Welt.

Ich habe Menschen getroffen, die lieben es, Geschenke zu machen. Sie warten nicht bis Weihnachten damit. Mitten im Jahr kommen sie auf mich zu und überreichen eine kleine oder große Sache, mit Schleifchen und in Geschenkpapier eingewickelt. Genauso ist Gott. Er liebt es, uns zu beschenken, einfach so. Nur, dass wir es meistens nicht bemerken. Überall legt er Geschenke für uns hin. Wir laufen daran vorüber und brüllen: „Wieso kriege ich nichts?“ Das ist unser Alltag. Das Gefühl, schlecht behandelt zu werden, nichts abzukriegen, um Vorteile kämpfen zu müssen.

Dankbarkeit heißt, die Augen aufzumachen. Es heißt, die Geschenke aufzusammeln, die Gott für uns ausgelegt hat, uns darüber zu wundern, uns zu freuen. Nicht immer ist es die Urlaubsreise, die wir uns gewünscht haben, oder das Auto. Während ich dies schreibe, sitze ich im Zug und esse Aprikosen. Sie sind im richtigen Reifezustand: Das Fruchtfleisch ist weich und süß. Zerkaut man die Schale, kommt ein saurer Geschmack hinzu. Die Aprikosen sind mein Morgengeschenk heute.

Bei wem kann ich mich bedanken, wenn der Regen weich auf meine Handfläche fällt? Bei wem kann ich mich für einen sanften Hügelzug bedanken oder für ein Sonnenblumenfeld? Wem danke ich für den Gesang der Vögel? Wem danke ich für die Selbstheilungskräfte meines Körpers, die dafür sorgen, dass sich Wunden wieder schließen? Wem danke ich für die Regenbogenfarben im Sprühnebel über einem Wasserfall?

Weil ich an Gott glaube, kann ich viele Schönheiten der Erde mit Dankgefühl erleben. Dankbarkeit braucht einen Empfänger. Als Christ habe ich das große Vorrecht, den Schöpfer zu kennen.

Die Bibel empfiehlt eine Haltung der Dankbarkeit Gott gegenüber. So, wie es eine gute Körperhaltung gibt – nicht der Kopfstand, nicht die Liegestützhaltung, sondern aufrechtes Stehen – so gibt es auch eine Lebenshaltung, die uns wohltut.

Ich habe mich im Leben über viele Dinge gefreut: eine Vogelfeder, bunte Schneckenhäuser, Kinderlachen, Wind in den Baumwipfeln, einen Spaziergang am Meer. Wer nur nach großen Preisschildern die Augen aufhält, verpasst eine Menge. Dankbarkeit spielt sich im Kleinen ab. Sie ist eine Sache von Minuten, nicht von Monaten. Ich kann nicht ein halbes Jahr lang dauerhaft glücklich sein.

Aber ich kann jetzt glücklich sein. Die Gründe dafür zu erkennen, ist eine Lebenskunst, die wir leicht verlernen.

Kinder können sich vor Lachen am Boden wälzen, nur weil ein witziges Wort gefallen ist. Kinder bestaunen einen Marienkäfer. Kinder stürmen jubelnd nach draußen in die Sonne. Meinte Jesus auch das, als er uns aufforderte, wie die Kinder zu werden?

Wir leben in einer Sehnsuchtsgesellschaft. Kaum haben wir etwas erreicht, sehnen wir uns nach dem Nächsten. Dankbarkeit setzt einen Punkt hinter die nie endende Aufreihung von Wünschen. Wir sagen nicht mehr: Und dann das, und dann das, und dann das. Wir freuen uns an dem, was wir geschenkt bekommen haben.

Notieren Sie einmal die Dinge, die Sie schätzen. Schreiben Sie auf ein Blatt Papier: *Was mich glücklich macht*, und darunter in loser Reihenfolge, was immer Ihnen in den Sinn kommt. Wenn ich das tue, habe ich innerhalb von fünf Minuten Glückstränen in den Augen, weil mir bewusst wird, wie gut ich es habe – und wie blind ich oft dafür bin.

Dietrich Bonhoeffer schrieb: „Dankbarkeit ist demütig genug, sich etwas schenken zu lassen. Der Stolze nimmt nur, was ihm zukommt. Er weigert sich, ein Geschenk zu empfangen. Dem Dankbaren wird alles zum Geschenk, weil er weiß, dass es für ihn überhaupt kein verdientes Gut gibt." Wenn wir dankbar sind, spüren wir, dass Gott unser Schöpfer und Vater ist. Wir kommen als Kinder zu ihm gerannt und zeigen ihm ein Bild: Habe ich ganz alleine gemacht, Gott! Wir zeigen ihm unsere Sandburg am Strand. Gleichzeitig aber wissen wir, dass alles von ihm kommt, dass wir sein sind, dass wir allein durch seine Liebe leben.

Dankbarkeit heißt: die Geschenke aufsammeln, die Gott für uns ausgelegt hat.

In Berlin überquerte ich gedankenverloren die Straße. Plötzlich sah ich aus dem Augenwinkel ein Auto auf mich zurasen, Gummi kreischte auf dem Asphalt, das Auto rutschte und kam Zentimeter vor mir zum Stehen. Ich stand da und starrte auf die Motorhaube. Ich weiß nicht mehr, wie ich danach auf die andere Straßenseite gekommen bin, aber als ich dort war, zitterte ich am ganzen Leib, meine Knie waren weich und der Puls raste. Während ich noch versuchte, mich zu beruhigen, fing es an zu schneien. Binnen kurzer Zeit war die Straße weiß. Ich begriff, wie knapp ich gerettet worden war – auf dem frischen Schnee wäre der Bremsweg des

Autos erheblich länger gewesen. Beglückt dachte ich: Gott will, dass ich lebe!

An einem solchen Tag nimmt man alles viel intensiver wahr. Ich sah den Menschen neugierig ins Gesicht. Ich bestaunte die Bäume, fing Schneeflocken auf. Ich saugte alles in mich auf und freute mich daran: Danke Gott, dass ich das sehen kann, danke, dass ich das erleben darf!

Im Grunde ist das jeden Tag unsere Situation, nur dass wir uns dessen nicht bewusst sind. Wir haben allen Grund, dem göttlichen Retter zu danken, dem Geschenkemacher, dem Erschaffer der Schönheit.

Regen in London

Im Dezember 2006 erschien bei Rowohlt *Das Buch der Namen*, ein Mystik-Thriller. Auf dem Titel prangte der Schriftzug „Bestseller". Neugierig nahm ich das Buch in die Hand. Ich hatte noch nie davon gehört – und von Büchern zu hören, gehört zu meinem Beruf. Im Impressum stand: 1. Auflage. Also trug es die Aufschrift „Bestseller", bevor ein einziges Exemplar über den Ladentisch gegangen war. Jetzt wenden Sie ein, dass es ja in der Originalausgabe in den USA ein Bestseller gewesen sein kann. Dort allerdings erschien es erst im Januar 2007. Warum tricksen Verlage mit dem Wort „Bestseller"? Weil man in unserer Kultur unbewusst dem Grundsatz folgt: Die Mehrheit hat recht. Was die Mehrheit gut findet, ist gut.

Im Katalog wirbt der Verlag für meinen Roman *Die Todgeweihte* mit dem simplen Argument: über 30.000 verkaufte Exemplare. Das Signal ist das der Menschenanzahl, die sich – je größer die Menge, desto sicherer – in ihrem Urteil nicht irrt.

Die Weisheit der Massen. Hat unser Zeitalter da eine große Entdeckung gemacht? Bei Wikipedia hat es scheinbar funktioniert: Das zusammengetragene Wissen von vielen Menschen ist zu einer Art Borg-Kollektiv geworden (Grüße an alle Star-Trek-Fans), nach dem Grundsatz, was die Mehrheit zu einem Thema denkt, ist wahr. 200.000 Freiwillige haben ein Lexikon zusammengetragen, das im englischsprachigen Teil zwölfmal größer ist als die Encyclopædia Britannica. Fehler merzen sich automatisch aus.

Wirklich?

Jaron Lanier, einer der bedeutendsten Vordenker

im Bereich des Internets – er hat beispielsweise den Begriff „Virtual Reality“ geprägt –, kritisiert die Theorie von kollektiver Weisheit. Im Interview mit dem SPIEGEL erzählte er sein eigenes Erlebnis damit: Bei Wikipedia stand im Artikel über ihn, er sei unter anderem Filmemacher. Das ist falsch, also hat er es korrigiert. Jemand änderte es zurück zur falschen Version. Er korrigierte. Erneut schrieb jemand hinein, er sei Filmemacher. Wieder. Und wieder. Das Gerücht war stärker als die Wahrheit, die Mehrheit glaubte dem Gerücht. Inzwischen ist der Eintrag richtiggestellt, aber nur, weil Lanier als bekannter Autor eine öffentliche Diskussion darüber vom Zaun brach und so die Mehrheit informieren und überzeugen konnte.

Die Mehrheit denkt, dass der Vogel Strauß bei Gefahr den Kopf in den Sand steckt. Warum sollte er das tun?

Nun fragt er schockiert: Was, wenn jemand sich nicht so leicht Gehör verschaffen kann? Zum Beispiel, weil er nicht wie Lanier als ein bekannter Autor gut funktionierende Kommunikationskanäle besitzt? Er wird unweigerlich Opfer des Mobs. Lanier nennt das die „Wiki-Lynchjustiz“.

Wir kennen das Argument: Die Wissenschaftler

sagen … Fakt ist, die Wissenschaftler haben schon oft danebengelegen. Alle paar Jahre ersetzen neue Erkenntnisse die alten. Wie ist es mit den Menschen, der Mehrheit, die eine Meinung vertritt? Da halten sich Fehleinschätzungen länger. Die Mehrheit ist überzeugt, dass es in London häufiger regnet als in Rom. Fehlanzeige. London gehört mit nur 590 Millimetern Niederschlag im Jahr zu den trockensten Städten Europas. In Rom, das wir für trocken halten, gehen 760 Millimeter Regen herunter. Die Mehrheit denkt, dass der Vogel Strauß bei Gefahr den Kopf in den Sand steckt. Warum sollte er das tun? Noch nie hat das jemand beobachtet. Es wäre idiotisch. Selbstverständlich rennt der Vogel weg.

Selbst zu denken gerät aus der Mode. Wenn die Mehrheit einer Auffassung folgt, nickt man mechanisch und denkt genauso. Besser aber ist es, sich selbst auf die Suche zu machen. Es ist höchste Zeit, dass wir das wieder lernen.

Banksy verblüfft die Welt

Eigentlich ist er Graffiti-Künstler. Nicht einer von denen, die ihren Namen an die Wand eines Einfamilienhauses sprühen, damit sie den Freunden imponieren. Nein, Banksy hat etwas zu sagen. Unter ein Schild, das Ballspielen verbietet, sprüht er den Schatten einer Ratte an die Wand, die einen Basketball dribbelt. Während des Irakkriegs sind seine Motive schwarze Kampfhubschrauber mit rosa Schleifchen oder Soldaten mit einem Pac-Man-Smiley als Gesicht – es ist alles nur ein Spiel, lasst euch nicht beunruhigen, liebe Bürger. Sarkasmus, der aufrüttelt. Banksys Graffito-Tiere gießen toxische Flüssigkeiten aus Fässern auf die Straße, seine Graffito-Menschen demonstrieren zur Zeit der Wahl mit einem Schild „Wählt weniger“.

Vor einigen Wochen hat Banksy die Welt verblüfft.

Er klebte sich einen falschen Bart an, kleidete sich wie ein britischer Rentner und besuchte die vier berühmtesten Museen New Yorks. Trotz Sicherheitskameras und Wächtern gelang es ihm, in jedes von ihnen ein Bild hineinzuschmuggeln: in das Brooklyn Museum, in das Metropolitan Museum of Art, in das Museum of Modern Art und in das Museum of Natural History.

Er hängte die Bilder auf, als niemand hinsah, vollständig mit Namensplakette und Erklärung zum Ausstellungsobjekt. Und sie blieben hängen. Tag für Tag besuchten Menschenmassen die Museen und betrachteten darin Banksys Bilder. Es dauerte lange, bis sie vom Personal bemerkt und entfernt wurden.

Verwunderlich ist das nicht. Passte doch beinahe alles mit den Kunstwerken rechts und links zusammen. Ins Metropolitan Museum of Art hängte er das goldgerahmte Ölgemälde einer Dame. Alles bestens. Nur, dass die Dame eine Gasmaske trägt.

Im Museum of Natural History besuchte er die Insektenabteilung. Er fügte die Farbtafel eines Käfers hinzu. Beine, Fühler, Chitinpanzer – alles dran. Nur, dass der Käfer am mittleren Beinpaar Luft-Boden-Raketen trägt. Und dass er ausgewiesen ist als nordamerikanische Spezies mit dem Namen *Withus Oragainstus* (in Anlehnung an: Wer nicht für uns ist, gehört zur Achse des Bösen).

Wovon andere Künstler nur träumen, Banksy hat es geschafft: Er ist im MoMA ausgestellt. Nicht legal, und nur für kurze Zeit, zugegeben. Seine Graffitis machen ihn sicherlich genauso unbeliebt.

Gerade dafür, finde ich, verdient er Bewunderung.

Ich will niemanden zum Sprühen animieren. Schon gar nicht zum Egotrip „Mein-Name-ist-auf-jeder-Brücke-zu-sehen". Trotzdem finde ich, wir können etwas von Banksy lernen. Er hat seine Botschaft: Nehmt den Kindern nicht ihre Spielplätze weg, tut nicht so, als seien Kampfhubschrauber eine saubere Sache, geht wählen! Viel wichtiger aber: Er weiß, wo die Leute sind, und dahin geht er. Egal, ob es ihn beliebt macht oder nicht. Da gab es noch so einen, erinnern Sie sich?

Wir stecken in einem Abenteuer, für das wir uns oft gar nicht stark genug fühlen.

Warum hat Jesus, um die christliche Gemeinde zu gründen, nicht gleich mal eine Kirche gebaut? Er war doch Zimmermann! Wäre das nicht etwas für die Nachrichten gewesen? „Rabbiner baut erste christliche Kirche in Jerusalem." Jesus hätte sich in seine Kirche setzen können, bestens umsorgt von den Jüngern, und darauf warten können, dass die Leute zu ihm kommen.

Stattdessen ist er herumgewandert, hat sich Blasen gelaufen, um möglichst viele in ihrer Heimatstadt oder sogar in ihrem eigenen Haus zu besuchen. Er ist dahin gegangen, wo die Menschen waren: auf Hochzeiten, in Synagogen, zu Zöllnerpartys. Er ist dahin gegangen, wo es gefährlich für ihn war. Da konnten die Jünger ihn warnen, soviel sie wollten: Bist du lebensmüde? Jesus war verdammt mutig.

So weit werden wir's nicht bringen. Aber wenn ein Graffiti-Sprüher Bilder in Galerien schmuggeln kann, um vor Militarismus zu warnen, dann können wir Christen uns nicht in den Kirchen verstecken. Banksy bekämpft die menschliche Krankheit. Ich weiß auch nicht, was Gott sich dabei gedacht hat, uns das heilende Medikament in die Hand zu drücken. Er hat uns damit jedenfalls eine Aufgabe gegeben, die viel Mut erfordert. Wir stecken in einem Abenteuer, für das wir uns oft gar nicht stark genug fühlen.

Wir sind Medikamentenschmuggler. Bringen wir es dahin, wo es Gutes bewirkt. Wenn nötig, auch mithilfe von absonderlichen Ideen.

Herr S.

Als wir noch Kinder waren, sprachen meine Brüder und ich im Supermarkt eine Greisin an: „Du bist schon alt. Du musst bald sterben." Unserer Mutter war das peinlich. Sie hat sich für ihre Kinder entschuldigt. Uns aber bedeutete es eine große Erkenntnis.

Wir haben uns Astgabeln gesucht, die wie Pistolen aussahen, und damit „Knallerei" gespielt. („Du bist getroffen!" „Nein, bin ich nicht!" „Bist du doch!" „Bin ich nicht!") In unserem Kinderspiel haben wir uns gefragt: Was heißt das, wenn einer stirbt? Wer tödlich getroffen war, musste zu Boden fallen und liegen bleiben und im Kopf langsam bis zwanzig zählen, ohne auch nur den kleinen Finger zu rühren. Wir haben das Sterben nachgespielt. Vielleicht, weil es uns unheimlich war?

Einmal spielten wir, dass die kleine Plastikfigur namens Molly gestorben war. Wir knieten im Kinderzimmer nieder und beteten, Gott möge Molly doch wieder zum Leben erwecken. Ich erinnere mich, beim Spielen geweint zu haben. So sehr war ich innerlich angerührt.

Nun ist mein Nachbar gestorben. Spät am

Abend gab es Lärm im Treppenhaus. Die Feuerwehr brach seine Wohnungstür auf. Als ich einen dabeistehenden Polizisten fragte, was los sei, sagte er: „Nur eine Übung." Natürlich war es keine Übung. Der Arbeitgeber meines Nachbarn hatte die Polizei angerufen, weil Herr S. nicht mehr zur Arbeit gekommen war. Herr S. lag tot in der Wohnung.

Wir reden freundlich über ihn. Wir treffen uns im Treppenhaus und sagen, was er doch für ein humorvoller, sympathischer Mann gewesen sei. Aber er ist weg, verschwunden, er wird keine Scherze mehr machen, keine schweren Einkaufstüten die Treppe hinauftragen, wird mir nicht mehr die Haustür aufhalten. An seinen Briefkasten hat die Vermieterin „Bitte keine Reklame" geklebt, damit er nicht überquillt. Die Werbebotschaften würden ins Leere gehen, weil der Mann, der sie lesen sollte, nicht mehr lebt. Was passiert mit seiner Geburtsurkunde? Wird die einfach weggeworfen? Merkt sich niemand, dass da ein Mann war mit diesem Namen, und wo er geboren wurde? Ich habe angeboten zu helfen, wenn seine Schränke hinuntergetragen werden. Man wird vieles wegwerfen. Vielleicht auch alles.

Das Sterben ist nicht normal. So wie eine

Krankheit nicht normal ist. Ich spüre, da stimmt etwas nicht. Bin ich dazu da, um nach ein paar Jahren wieder zu verschwinden? Ich lese beinahe jeden Tag in der Bibel. Dabei strömt eine eigenartige Ruhe in mich, ich habe das Gefühl, dass beim Lesen die Welt geradegerückt wird, die für mich oft schiefhängt. Im Brief an die Römer, der in der Bibel enthalten ist, schreibt Paulus: „Ist der Geist Gottes in euch, so wird Gott, der Jesus von den Toten auferweckt hat, auch euren sterblichen Leib wieder lebendig machen." Also eine Zukunft über den Tod hinaus? Leben für immer! An anderen Stellen in der Bibel ist die Rede von Ewigkeit, von Unsterblichkeit. Nennen Sie mich vermessen, aber genau das wünsche ich mir.

Bin ich dazu da, um nach ein paar Jahren wieder zu verschwinden?

Bei den meisten Dingen tritt Gewöhnung ein. Gerade war ich zu einer Lesung in Magdeburg und übernachtete bei der Familie des Veranstalters. Vor ihrem Haus geht eine belebte Straße entlang. Trotzdem schläft der Sohn der Familie mit offenem Fenster. Die Straßenbahn, die Autos, die Polizeisirenen, nichts stört seinen Schlaf. Er hat sich an den Lärm gewöhnt.

Warum gewöhnen wir uns nicht an den Tod?

Seit Jahrtausenden sterben wir, jeder von uns vergeht nach ein paar Jahrzehnten. Müsste uns das nicht inzwischen vertraut sein? Aber nein, wir winden uns, wir brechen förmlich unter dieser fremden Kälte. Sie ist nicht in uns angelegt. Ich behaupte: Wir sind als Unsterbliche geschaffen und wurden vor Jahrtausenden unter das Joch des Todes gelockt. Wir haben rebelliert gegen unseren Schöpfer, den Lebensspender, und sind nun vergänglich geworden.

Der Tod ist aber nicht das Ende. Er ist, so lese ich das in der Bibel, ein tiefer Schlaf, ohne Gedanken, ohne Zeitgefühl. Mein Nachbar schläft diesen Schlaf bereits, und auch ich werde eines Tages in ihn fallen wie in eine traumlose Nacht. Und dann, am Ende dieser Nacht, bricht der Sonnenaufgang der Ewigkeit an, und wir werden frei vom Joch, atmen, ohne dass unsere Atemzüge gezählt sind, lachen, und das Lachen strömt uns ohne Bitterkeit aus der Kehle.

Privilegien

Bis zum Jahr 1752 dachte man, Blitze würden durch Gase entstehen, die sich in den Wolken explosionsartig entzünden. Dann hatte ein Abgeordneter der britischen Kolonien in Nordamerika namens Benjamin Franklin den Einfall, einen Drachen aus Holzstöckchen und zwei Stofftaschentüchern in den Himmel steigen zu lassen. Die lange Hanfleine isolierte er mit Seidenband und befestigte sie an einem Pfosten. Er hängte einen Schlüssel an ihr Ende. Als er den Schlüssel berührte, schlugen Funken daraus. Mit diesem und weiteren Experimenten bewies er, dass Blitze nichts mit Gasen zu tun haben, sondern elektrischer Natur sind.

Man wusste damals kaum etwas über Elektrizität, aber nach Franklins Experiment kamen Blitzableiter in Mode, die Paläste und Stadthäuser schützen konnten. In Kaffeehäusern wurden Apparate vorgeführt, die durch Drehen einer Kurbel Strom erzeugten. Elektrizität wurde zur Attraktion. Die Menschen staunten.

Heute staunt niemand mehr. Ist uns eigentlich klar, dass irgendwo Wasser durch eine Turbine rauscht oder Windräder sich drehen oder Müll verbrannt wird – und deshalb fahren die Züge durchs Land, deshalb leuchten die Ampeln rot und gelb und grün, deshalb sind nachts die Straßenlaternen an, deshalb kann ich den CD-Player einschalten oder mein Handy aufladen oder die Nachttischlampe zum Lesen leuchten lassen? Unser Luxus ist uns gar nicht bewusst.

Gestern fuhr ich in eine Tankstelle, die einer großen Kette angehört, hängte den Stutzen in den Tank, hielt den Abzug und wartete. Erst bemerkte ich nichts. Dann aber fehlte das leise Zischen von fließendem Benzin, und ich sah, dass die Anzeige der Zapfsäule noch auf null stand.

In diesem Augenblick kam der Tankwart aus dem Haus. „Von Super ist nichts mehr da." Während ich noch verblüfft dastand, klebte er Zettel an die Tanksäulen.

Ich musste unverrichteter Dinge weiterfahren mit meinem mickrigen Rest an Benzin. In mir faltete sich die arrogante Selbstsicherheit des Westeuropäers zusammen. Plötzlich begriff ich, dass vieles, das ich für unumstößlich halte, gar nicht so verlässlich ist, und dass meine Geburtsprivilegien eines Tages zerbröseln könnten.

Denken wir noch daran, dass wir unsere Autos

mit etwas antreiben, das aus der Erde geholt wird und uns nicht grenzenlos zur Verfügung steht? Eine Kommission von Experten hat sich zur Energy Watch Group zusammengeschlossen (darunter Vertreter der Deutschen Bank und der deutschen Tankstellenbranche). Sie haben nachgeprüft und Berechnungen angestellt. Das Ergebnis schockiert. Seit 2006 sinkt die weltweite Erdölförderung. Sie werde nun Jahr für Jahr zurückgehen, sagen die Experten. Das Erdöl geht zur Neige. Unser Verbrauch aber explodiert, nicht zuletzt durch die boomende Wirtschaft in Ländern wie China und Indien. Wer hofft, dass das Benzin wieder billiger wird, setzt aufs falsche Pferd.

Kürzlich traf ich einen führenden Mitarbeiter der Zukunftsabteilung eines deutschen Automobilkonzerns (das ist die Abteilung, die sich die Autos ausdenkt, die wir in ein paar Jahren fahren sollen). Als ich ihm sagte, irgendwann würde der Benzinpreis schon wieder sinken, wenn diese „Blase“ geplatzt sei und die Leute sich wieder beruhigt hätten, da antwortete er mir mit ernster Miene: „Der Benzinpreis wird nie mehr sinken, er wird weiter steigen, weil der Preis für Erdöl so rapide steigt. Und dieser Preis steigt, weil das Erdöl knapp wird. Man ist in meiner Abteilung sehr besorgt“, sagte er. „Wir brauchen ziemlich bald Alternativen zum Erdöl."

Was wird also passieren? Innerhalb weniger Jahre müssen sich Industrie und Verbraucher auf neue Energieformen umstellen. Der Wasserstoffantrieb ist unwirtschaftlich, und Erdgas wird genauso aufgebraucht wie Erdöl. Die einzige Quelle, die uns in großer und beständiger Menge Energie zur Verfügung stellt, ist die Sonne.

Ich lebe im Schlaraffenland. Eigentlich schade, wenn ich es nicht merke.

Seltsam, dass ich etwas immer erst dann zu schätzen weiß, wenn ich dabei bin, es zu verlieren. Können wir das lernen, etwas zu schätzen?

In der DDR waren Kartoffeln voller Erde, wenn wir sie gekauft haben. Man musste sie abwaschen, bevor man sie in den Topf tun konnte. Auch die Mohrrüben waren schwarz. Das war ganz normal. Heute nehme ich eine Mohrrübe aus dem Kühlschrank und esse sie gleich, ohne sie zu schälen, so sauber ist sie.

Ich habe mir auferlegt, keine neuen Bücher mehr zu kaufen, bis ich nicht die etwa 60 Bücher gelesen habe, die noch ungelesen neben dem Bett und in einem bestimmten Regalfach warten. (Ich habe diesen Spleen, nur gelesene Bücher ins Regal zu stellen.) Aber das Verrückte ist: Ich *könnte* es. Ich könnte mir jede Woche ein neues Buch kaufen. So reich bin ich. Und meine Wohnung ist groß genug, um sie alle unterzubringen.

Habe gerade mein Bett frisch bezogen. Dabei ist mir klargeworden, wie gut ich es habe, dass ich Nacht für Nacht unter eine warme Decke schlüpfen kann. Ich muss nicht frieren. Ich liege nicht unter Zeitungspapier auf einer Parkbank oder irgendwo in einem Erdloch. Ich gehe drei Schritte zur Heizung und drehe an einem Knauf. Einmal das Handgelenk bewegt, und schon wird es warm bei mir. Ich muss keine Kohlen schleppen, kein Holz aus dem Winterwald holen.

Ich weiß nicht, wie es Ihnen geht – aber ich lebe im Schlaraffenland. Eigentlich schade, wenn ich es nicht merke. Ich kann es bei vollem Bewusstsein viel mehr genießen. Und bin eher bereit, einen Teil abzugeben an die, die weniger Glück haben.

Manager

Ich habe in Berlin an einer Konferenz teilgenommen, die Unternehmen dabei unterstützen soll, Werte in ihre Geschäfte zu integrieren. Meine Aufgabe war es, den Managern zu zeigen, wie man Worte wie „Respekt“, „Gerechtigkeit“ oder „Initiative“ mit emotionalem Inhalt füllt. Junge, war ich aufgeregt. Da saß ich vor den Topmanagern von Fluglinien, Banken, Einzelhandelsketten – und *ich* sollte *ihnen* etwas beibringen!

Alle trugen dunkle Geschäftskleidung – ich ein rotes Sweatshirt. Verschämt versteckte ich mein altes Handy. Eine Übernachtung im Hotel de Rome, wo die Konferenz stattfand, kostet im billigsten Fall 400, im teuersten 7.000 Euro. An der Tür wird man von einem Mann mit Zylinderhut begrüßt. In den Toiletten spiegelt der schwarze Marmorboden so stark, dass man das Gefühl hat, sich in der Mitte eines Raums zu befinden, der sich nach unten genauso weit fortsetzt wie nach oben, man wird quasi ein Fisch, der mitten im Aquarium schwimmt. Kurz: Ich war beeindruckt. Und ich hatte Angst. Als ich zu reden begann, haben meine Hände gezittert.

Trotzdem lief es sehr gut. Die steinernen Managergesichter wurden weicher, ein Lächeln stahl sich auf die Gesichter der Frauen und Männer. Schließlich erzählten sie von sich und wurden so zu Menschen für mich. Einer hat vier Kinder, ein anderer mag lateinamerikanische Musik, eine Frau hat Literatur studiert wie ich. Wir fingen an zu scherzen. Wir sahen uns in die Augen und respektierten uns. Aus dem Sie wurde – versehentlich? absichtlich? – ein Du. Das war eine schöne Erfahrung für mich.

Vor 40 Jahren wurde dreimal mehr gelacht als heute. Wollen wir das auf uns sitzen lassen?

Abends saß ich im Zug nach Hause und meine Hände zitterten überhaupt nicht mehr.

Ich musste daran denken, wie ich vor ein paar Tagen in einem anderen Hotel mit Markus Hofmann am Frühstückstisch saß. Markus Hofmann ist Marketingmanager bei der Deutschen Bahn. Nach der Art, wie er lacht, würde ich sagen, er ist ein glücklicher Mensch. Gestern las ich einen Artikel von ihm, in dem er schreibt: „Hauptrollen sind begehrt, machen aber einsam. Im Management werden Führungskräfte leicht auf ihre Funktion reduziert. Ohne die Ausrichtung an externen Fixpunkten wird der Mensch in der Führungsmaschinerie schnell zum ‚Hamster im Rad'." Offenbar hat Markus Hofmann einen Ausweg gefunden. Trotz des Leistungsdrucks, unter dem er steht, hat er das Lachen nicht verlernt. Externe Fixpunkte – für ihn sind das seine Familie, schreibt er, der Glaube an Gott, und das Engagement in christlichen Organisationen.

Albert Einstein schrieb einmal: „Wenn du ein glückliches Leben willst, verbinde es mit einem Ziel." Manager sind sehr zielstrebige Menschen. Aber auch sie müssen herausfinden: Bin ich berufen, will ich etwas erreichen – oder arbeite ich nur so hart aus Angst, zu versagen?

Ich möchte mich engagieren und im Leben gute Ziele verfolgen. Und ich will an Fixpunkten festhalten: an der Freundschaft mit Gott und den guten Beziehungen mit meinen Freunden hier auf der Erde. Und lachen will ich, wie ein Kind!

Kinder lachen im Durchschnitt 400 Mal am Tag, Erwachsene nur 15 Mal. Vor 40 Jahren wurde dreimal mehr gelacht als heute. Wollen wir das auf uns sitzen lassen? Ich habe von den Managern gelernt, dass beides geht: zielstrebig und fleißig zu sein, und gleichzeitig das Leben mit Freude zu genießen.

Quakenbrück und Goldene Klinke

Es gibt in Brandenburg einen Ort namens Regenmantel. In Niedersachsen gibt es das Affendorf. In Apen gibt es die Straße Am Nordpol. In Nordrhein-Westfalen ein 50-Seelen-Dorf mit dem Namen Schabernack. In der Nähe von Altena heißt ein Ort Goldene Klinke. Es gibt Kuckuck im Sauerland, Quakenbrück und Abentheuer und Bärenklau. Was erzählen diese Namen?

Wenn ich längere Autofahrten mache, denke ich oft über die Ortsnamen nach. Bei der Autobahnraststätte Galgenberg zum Beispiel: Haben da vor ein paar hundert Jahren Galgen gestanden und man hat Räuber erhängt? Vielleicht führte damals schon eine Straße am Berg vorbei. Galgen wurden oft zur Abschreckung an Handelsstraßen und gut einsichtigen Plätzen errichtet.

Die Autobahnraststätte Wolfsgrube ist ein anderes Beispiel. Dort wurden sicher früher Wölfe gefangen. Wölfe waren im Mittelalter ein großes Problem. War der Winter kalt, fanden die Wolfsrudel in den Wäldern nicht mehr genug zu fressen und kamen immer näher an die Städte heran. Um der Situation Herr zu werden, schrieben die

Städte Fangprämien aus. In München beispielsweise erhielt man im 14. Jahrhundert für jeden jungen Wolf, den man am Neuhausertor ablieferte, 24 Pfennige. Für den Kopf eines alten Wolfs gab es 10 Pfennige. 1340 herrschte ein sehr strenger Winter, die Wolfsrudel zogen sich um die Stadt zusammen. Damals wurden besonders viele, und zwar genau 888 alte und 370 junge Wölfe am Stadttor abgeliefert. Gefangen hat man sie in Wolfsgruben. Heute erzählen noch Namen davon.

Die kleinen Dinge des Lebens sind es, die ihm seine Würze geben.

Ein Ort heißt Hühnerkirche. Was ist die Geschichte zu diesem Namen? Einer heißt Elend. In der Schweiz gibt es den schönen Ortsnamen Küssnacht. Dessen Geschichte würde ich besonders gern hören.

Was ist in der Ortschaft Linsengericht passiert? Was in Maulschelle? Warum hat man Mägdesprung und Narrenstetten so genannt? Oder Zwölfmannsgarten. Oder Umkehr. Oder Tränenberg. Agnes mailte mir:

„Wenn man mal die Mandantenliste auf den neuesten Stand gebracht hat, lernt man so einige hübsche neue Straßennamen kennen. Hättest du beispielsweise ge-

wusst, dass wir eine Straße namens Froschgrund haben? Sehr schön fand ich auch Schafwäsche und Eulespring. Meinst du, die könnten ihren Ursprung im Mittelalter haben? Bei Schafwäsche hört sich das für mich fast so an. Aber was verbirgt sich wohl hinter Eulespring?

Es begeistert mich immer wieder, wenn ich solche lustigen kleinen Dinge finde. Das bringt mich dann dazu, in mich hineinzulächeln und mich zu freuen. Die kleinen Dinge des Lebens sind es doch erst, die ihm seine Würze geben."

Wohnen Sie in einem Haus mit mehreren Mietern? Schauen Sie sich einmal die Namen Ihrer Nachbarn an. Was erzählen sie? Wie heißt Ihre Straße, und warum heißt sie so? Was bedeutet Ihr eigener Name?

Mit manchen Worten gehen wir alltäglich um, ohne sie zu verstehen. Dabei können sie schöne Geschichten erzählen.

Gut von sich denken

In meiner Kindheit gab es eine Sportart, die nannte sich Bockspringen. Das hieß, Anlauf zu nehmen und mit ungebremster Geschwindigkeit gegen einen Klotz mit Stahlbeinen zu rennen. Wenn man gut war, schaffte man es, vorher von einer gefederten Rampe abzuspringen, die Beine auszustrecken und sich im Flug mit den Händen so vom Bock abzustoßen, dass man darüber hinwegflog und dahinter auf einer Matte landete. Ich hätte diese Akrobatiknummer nie im Leben freiwillig versucht, aber sie gehörte zum Sportunterricht. Schon wenn ich die Turnhalle betrat und den Bock aufgebaut sah, wurde mir unwohl.

An einem gewissen Tag war es wieder so weit. Wir standen am Ende der Halle bereit und mussten auf Kommando Anlauf nehmen und springen. Ein Mädchen kam an die Reihe, rannte – und krachte gegen den Bock. Das war uns auch schon passiert. Neu war, dass sie liegen blieb und der Sportlehrer sich besorgt über sie beugte. Irgendwann kam ein Krankenwagen auf den Schulhof gefahren und sie wurde nach draußen gebracht – mit einer blutenden Platzwunde am Kopf.

Der Sportlehrer sagte: „Wir machen weiter! Der Nächste!“

Der Nächste, das war ich. Ich hatte Angst. Immer wieder sah ich vor meinem inneren Auge, wie ich gegen den Bock krachen würde und blutend liegen blieb.

Nun ist das Vertrackte am Bockspringen: Wenn man nicht kräftig Anlauf nimmt, springt man zu kurz und ist zum Scheitern verurteilt (Platzwunde, Krankenwagen usw.). Wenn man aber kräftig Anlauf nimmt, tut der Aufprall sehr, sehr weh, sollte der Sprung misslingen (ganz große Platzwunde, Krankenwagen usw.).

Mir fiel ein, was meine Mutter zu Hause gesagt hatte. „Stell dir vor, wie du es schaffst. Male dir aus, wie du wunderbar hinüberspringst. Dann gelingt es auch.“ Also habe ich mir einen grandiosen Sprung vorgestellt. Ich habe viel Fantasie. In meiner Vorstellung sprang ich olympiatauglich.

„Na los!“, rief der Sportlehrer. „Wird's bald?“

Ich holte Luft. Ich rannte. Ich sprang und flog und stieß mich ab … und landete. Endorphine strömten durch meinen Körper. Ich hatte es geschafft! Ich war gesprungen und ich war unverletzt!

Christen wurde lange Zeit beigebracht, schlecht

von sich zu denken. Und auf gewisse Weise ist das eine realistische Sichtweise. Jeder von uns macht Fehler und ist im Inneren rebellisch, egoistisch und auf kurzfristigen Lustgewinn aus, selbst wenn er anderen – und sich selbst, das ist das Perverse – damit schadet.

Aber wenn ich mich tagein, tagaus für schwach und unfähig halte, werde ich nicht stärker. Gott denkt gut von mir. So sehr er den Egoismus hasst, auch meinen Egoismus, so sehr liebt er mich. Gott kann sehr gut unterscheiden zwischen falschen Verhaltensweisen, die er ablehnt, und dem Geschöpf, das er liebt.

Gott denkt gut von mir.

Auch ich sollte gut von mir denken. Das ist der einzige Weg, um zu wachsen. Wenn ich mich wegbücke, wachse ich nicht, sondern krümme mich zum Boden hin. Und während ich beschämt hinunterblicke, kann ich kein Ziel ins Auge fassen.

Das Fantastische an Gott ist, dass er mir Mut macht. Immer wieder muss ich im Leben Schwierigkeiten bewältigen, Entscheidungen treffen, mutig sein. Ich sehe – übertragen gesprochen – einen Bock am anderen Ende der Halle. Gott flüstert mir zu: „Du kannst das. Ich helfe dir. Wenn du mit aller Kraft Anlauf nimmst und an mich glaubst und springst, dann gebe ich dir noch einen Extraschubs, und wir schaffen es gemeinsam."

Der christliche Glaube heißt nicht, den Menschen weniger zuzutrauen. Im Gegenteil, er heißt: sich als von Gott geschaffenes, wunderbares Geschöpf zu sehen, das über mehr Fähigkeiten verfügt, als es zunächst scheint. Gott hat viel mit uns vor! Wenn wir ihm vertrauen, bringt er Seiten an uns zum Vorschein, die uns staunen lassen.

Jubeljahre

Die Woche hat sieben Tage, und für die Hebräer endete sie mit dem Sabbat, einem Tag, an dem man ruhte und feierte. Genauso teilten sie die Jahre ein: Jedes siebte Jahr galt als Sabbatjahr. In diesem Jahr ließ man sein Feld unbearbeitet und überließ die wild wachsenden Früchte den Armen. Ein noch festlicheres Jahr wurde gefeiert, wenn 7 mal 7, also 49 Jahre verstrichen waren. Das war das fünfzigste Jahr, zu dem die Hörner festlich spielten: das „Jubeljahr". Noch heute sagen wir sehnsüchtig, wenn uns etwas traumhaft, aber kaum erreichbar erscheint: Alle Jubeljahre passiert das mal!

Das Jubeljahr bestand nicht nur aus einer großen Feier. Es bedeutete auch, dass sämtliche Grundstücksverkäufe der vergangenen 49 Jahre annulliert wurden. Angehäufter Landbesitz fiel an die ursprünglichen Besitzer zurück. Die Schere zwischen Arm und Reich, die wohl damals schon über die Jahrzehnte immer weiter auseinanderklaffte, wurde wieder geschlossen. Wer in Not geraten war, konnte von vorn beginnen. Schuldsklaven erhielten ihre Freiheit zurück. Aufgelaufene Kreditverbindlichkeiten wurden gelöscht. Jeder konnte ganz neu anfangen. Keiner der Zwänge galt mehr, die uns auch heute noch in die Umklammerung nehmen: Verträge mit langer Laufzeit, Kredite, gesellschaftlicher Abstieg.

Solche Einschnitte, solche allumfassenden Neuanfänge sollten wir auch in unserem Leben wagen. Warum nicht dieses Jahr? Sehen Sie sich Ihr Leben an. Womit sind Sie unzufrieden, was ärgert Sie schon seit Langem? Lieben Sie Ihre Arbeit oder würden Sie gern noch einmal etwas anderes anfangen? Lieben Sie Ihre Stadt oder würden Sie gern umziehen? Welche Lebensträume schieben Sie seit Langem vor sich her, und wagen es nicht, das

Abenteuer zu beginnen? Welche alte Freundschaft wollten Sie schon lange wiederbeleben?

Entrümpeln Sie Ihren Keller. Geben Sie Kleider fort, die Sie monatelang nicht angezogen haben. Räumen Sie Ihr Wohnzimmer um. Nehmen Sie die Bilder von der Wand und hängen Sie neue auf – oder leben Sie einige Wochen mit weißen Wänden, um sich den Neuanfang bewusster zu machen.

Werden Sie von schädlichen Angewohnheiten geknechtet? Brechen Sie mit ihnen. Schaffen Sie den Fernseher ab oder verbannen Sie ihn in ein wenig benutztes Zimmer. Verabreden Sie sich mit Freunden, anstatt im Internet zu surfen. Werfen Sie die letzte Schachtel Zigaretten weg und besuchen Sie einen Entwöhnungskurs. Gehen Sie spazieren, lesen Sie ein Buch, essen Sie zwei Stunden lang Abendbrot mit Ihrem Partner. Wie müsste Ihr Leben beschaffen sein, um Sie glücklich zu machen? Sie haben mehr in der Hand, als Sie glauben.

Welche Lebensträume schieben Sie vor sich her?

In meiner Kindheit bin ich im Sommer manchmal zu Ferienfreizeiten gefahren. Das hieß, auf zwanzig oder dreißig Unbekannte zu treffen, mit denen man die nächsten Wochen verbrachte. Das

Tolle daran war die Möglichkeit, ganz von vorn zu beginnen. Ich habe sie genutzt, um verschiedene Aspekte meiner Persönlichkeit einmal besonders zu betonen und mich auszuprobieren. In einem Sommer war ich der Tierkenner. Bei jeder Ameise, bei jedem Bachlauf mit Flohkrebsen hockte ich mich nieder. Bald rief man mich immer, wenn irgendwo ein Tier auftauchte. Im nächsten Sommer war ich der Geschichtenerzähler. Abends vor dem Einschlafen erfand ich Märchen und erzählte sie den anderen Kindern.

Nach einem Umzug in eine neue Schule zu kommen, war eine ähnliche Gelegenheit. Die Lehrer wussten noch nicht, dass ich in Französisch und Chemie schlecht war. Ich konnte ganz von vorn beginnen und – mit ein wenig Fleiß – einen guten ersten Eindruck machen.

Wenn wir uns selbst ein Jubeljahr gönnen und mit schlechten Gewohnheiten brechen, wenn wir gute neue Gewohnheiten beginnen, unsere Wohnung umgestalten, unsere verschütteten Träume freigraben – dann ist das ein bisschen so, als würden wir Vorurteile über uns selbst vergessen. Leider sind wir nämlich oft selbst unsere strengsten Chemielehrer. Wir haben im Kopf, dass wir bestimmte Dinge nie schaffen werden. Dass wir bestimmten

Schwächen ausgeliefert sind. Dass gewisse Träume für uns unerreichbar sind.

Entlassen Sie den inneren Lehrer. Beginnen Sie mit guten Gedanken über sich und setzen Sie sich neue Ziele. Sie haben ein Jubeljahr verdient.

Mit anderen lächeln

Manchmal kann ich wirklich kleinkrämerisch sein. Egoistisch und missgünstig und selbstzentriert. Das geht so weit, dass es mir schwerfällt, für andere Menschen zu beten, weil ich das widersinnige Gefühl habe, Gott würde dann weniger Aufmerksamkeit auf meine Probleme verwenden, er würde mir weniger helfen, während er mit den anderen beschäftigt ist. Sein Segen soll aber mir zufließen! Mir allein! So kann ich denken … Es ist beschämend.

Eine Freundin hat gerade ihren Studienabschluss gemacht. Sie war fürchterlich aufgeregt, ihr Magen hat sich verkrampft vor Aufregung. Alle waren da und haben sie ermutigt. Ich auch. Aber dieses kleine missgünstige Biest in mir hat gedacht: Und was ist mit mir? Mir geht's doch auch schlecht, weil es ihr schlecht geht, und keiner fragt mich!

In den Niederlanden gibt es eine Postleitzahlenlotterie. Dabei werden zufällig Postleitzahlen eines Gebietes gezogen, und wer von den Einwohnern mit dieser Postleitzahl ein Los gekauft hat, kann von wenigen Euros bis hin zu Millionenbeträgen Geld gewinnen. Die Niederländerin Helene de Gier zog mit der Begründung vor Gericht, sie habe emotionale Schäden erlitten, weil ihre Nachbarn 14 Millionen Euro gewonnen hätten. Die Nachbarn fuhren prahlerisch mit einem neuen Porsche durch die Gegend, Helene de Gier und ihr Mann aber hatten nicht an der Verlosung teilgenommen. Es sei ein Gefühl, als würde sich eine Schlinge um ihren Hals zuziehen, erklärte sie. Das Gericht in Amsterdam wies ihre Klage gegen die Lottogesellschaft ab.

Leo Tolstoi beschreibt in seiner Erzählung „Der Tod des Iwan Iljitsch" einen Beamten, der nach Beförderung strebt. Er verdient 3.500 Rubel, aber das Geld reicht hinten und vorn nicht, seine Frau beklagt sich und er bemüht sich um eine neue Stelle. Endlich, zu seinem großen Glück, bekommt er über einige Winkelzüge eine Beförderung und erhält nun 5.000 Rubel Gehalt plus 3.500 Rubel Zuschlag. Viele seiner Feinde im Ministerium sind plötzlich seine Untergebenen und müssen ihn umschmeicheln. Er richtet eine stattliche Wohnung für seine Familie ein und auch die Frau ist endlich glücklich. Dann schreibt Tolstoi: „Sie begannen also in der neuen Wohnung und mit dem neuen Gehalt zu leben; natürlich hätte man gerade ein Zimmer mehr gebraucht und natürlich hätte das Gehalt, wie das immer so ist, um eine Kleinigkeit – um fünfhundert Rubel – größer sein sollen, dann wäre alles gut gewesen."

Wer es schafft, sich mit anderen zu freuen, dem geht es gut.

Wenn ich das Gefühl habe, ich komme zu kurz, wenn ich von allen gesehen und bemitleidet oder gelobt werden will – dann hilft es manchmal, sich mit jemand anderem zu freuen. Am leichtesten fällt mir das bei Kindern. Die sind keine Konkurrenz. Wenn ein Kind lächelt, lächele ich gleich mit. Ich freue mich, dass es dem Kind gut geht.

Kann ich das auch für Erwachsene lernen? Mich freuen, wenn eine Autorenkollegin Riesenerfolg hat mit ihrem aktuellen Buch – anstatt sie zu beneiden? Mich freuen, dass sich Freunde und Familie um die Freundin kümmern und sie so liebe Menschen um sich hat?

Ich glaube, wenn jemand es schafft, sich mit anderen zu freuen, dann geht es ihm gut. Er hat viel mehr Gelegenheiten zu lachen. Er muss nicht geizig seine eigene Freude zusammenkratzen und nach den anderen spähen, ob sie etwa mehr Grund zum Freuen haben, sondern kann in alle Richtungen schauen und sich immer wieder von dem, was er Schönes sieht, anstecken lassen.

Beim letzten USA-Aufenthalt habe ich mich über die deutschen Autoren gefreut, deren Bücher, ins Englische übersetzt, in den Buchhandlungen lagen. Ich wusste, sie sind glücklich darüber, und war stolz auf sie und mit ihnen froh.

Mein Bruder hat gerade seinen Doktortitel erhalten. Ich werde nie einen Doktortitel haben. Aber ich weiß, wie er um diesen Titel gekämpft hat und was er leisten musste, um ihn zu bekommen. Dass er es geschafft hat und die blöden Selbstzweifel endlich los ist, macht mich glücklich.

Es gibt viele Sachen, über die sich die Menschen um mich herum freuen. Wenn ich aus meiner steinernen Egoistenhaut schlüpfe, stecken sie mich an mit ihrer Freude.

Gott spielt im Dunkeln Gitarre für mich

Wenn Sie mich bei einer Lesung sehen, denken Sie vermutlich, mein Leben sei sehr ordentlich. Aber wissen Sie, das stimmt gar nicht. Ich habe peinliche Schlafanzüge. Einer ist aus weinroter Seide, über und über bedruckt mit gelben Vierecken, dass einem die Augen schmerzen. Einen anderen, den ich gern hatte, habe ich wohl mit den falschen Sachen in die Waschmaschine gesteckt. Früher war er grau, aber nun sieht er aus, als wäre ich mit ihm im Kohlenkeller spazieren gegangen. Eine zerrissene Schlafanzughose habe ich noch, die ich mit einem T-Shirt ergänzen muss, weil das Oberteil seit Jahren fehlt (ich glaube, ich habe es zum Fensterputzen verwendet), und einen Schlafanzug, der mal gut aussah, vor langer Zeit. Inzwischen ist der Sweatshirtkragen so ausgeweitet, dass ein Nilpferd mit seinem Kopf hindurchpassen würde.

Das Verrückte ist, dass man über die anderen, die man nur flüchtig kennt, immer denkt, bei ihnen sei alles perfekt. Das stimmt nie. Heute habe ich eine Pizza in den Ofen getan. Es sind drei Schritte von der Küche bis ins Zimmer. Bei diesen drei Schritten habe ich die Pizza wieder vergessen. Irgendwann roch es dann komisch.

Oft passiert mir, dass ich einen Topf mit Kartoffeln und Wasser auf den Herd setze. Lange Zeit später fällt mir am Schreibtisch ein, dass ich ja Mittagessen kochen muss, und dann gehe ich in die Küche und das Wasser ist verkocht und die Kartoffeln braten schon und ich denke: Ach ja, ich hatte ja schon angefangen mit dem Kochen!

So ging es mir neulich mit einem Ei. Ich habe mir ein Ei gekocht und es vergessen. Als ich Hunger bekam und in die Küche ging, war kein Wasser mehr im Topf und das Ei zischte auf dem Boden, als würde gleich eine Schlange daraus schlüpfen. Äußerlich sah es unversehrt aus, aber als ich es schälte, war es innen braun gebrannt. Ich habe davon abgebissen. Es schmeckte wie Räucherfisch. Also habe ich es weggeworfen.

Nein, mein Leben verläuft nicht perfekt.

Allerdings bin ich beruflich erfolgreich. Manchmal frage ich mich, wie es Leuten geht, die momentan keine Arbeit haben. Ein „ordentliches Leben“ verbinden wir so oft mit der Arbeit, wir definieren uns regelrecht darüber.

Ich bin ein Schubladenmensch. Ich ordne die

Menschen nach ihrem Beruf Kategorien zu: Stefan ist Arzt, Basti ist Informatiker, Katrin ist Kleinkindpädagogin. Wenn ich jemanden kennenlerne, frage ich zuerst nach dem Namen, und gleich darauf folgt: „Was machst du beruflich?“

Auch ich identifiziere mich sehr über meinen Beruf. Dabei gibt es so viele Arbeitssuchende! Wie ist das, wenn man seine Arbeit verliert? Ist der Beruf es wert, die Basis im Leben zu sein? Dann wirft einen jede Krise der Arbeitsstelle aus der Bahn.

Wir werden eines Tages Rentner sein – verlieren wir damit unsere Identität? Wir könnten krank werden, unfähig, unsere Arbeit fortzusetzen – verlieren wir damit unseren Wert? Sehen wir dem Monster in die Augen: Die Arbeit ist kein besonders verlässliches Fundament für ein Lebensgebäude.

Sie wissen ja nun, dass ich nicht kochen kann und peinliche Schlafanzüge besitze. Mein Leben ist nicht perfekt. Aber ich brauche ein Fundament, etwas, das mir am Morgen, wenn ich aufstehe, festen Boden unter die Füße gibt. Was ist meine Basis?

Ich weiß, dass da ein überirdisches Wesen ist, das mich liebt. Ich merke es oft. Wenn ich Gott Fragen stelle, bekomme ich Antworten. Wenn ich um Hilfe schreie, lässt er mich nicht im Stich. Und er liebt mich nicht wegen meines Berufs, so wie ein Vater sein Kind nicht wegen des Berufs liebt, und schon gar nicht wegen meiner Kochkünste oder meiner Schlafanzüge.

Wie man über Gott denkt, hängt oft damit zusammen, wie man als Kind seinen leiblichen Vater erlebt hat. Ich habe früher gern Süßigkeiten genascht. (Und liebe sie heute noch.) Irgendwie war mir das aber vor meinem Vater peinlich, weil er sich selbst überhaupt nichts aus Süßigkeiten machte und so vernünftig und selbstbeherrscht war. Also versteckte ich die Süßigkeiten in der Jackentasche und schlich mich leise in die Wohnung. Ich erinnere mich an eine Situation, als beim Ausziehen der Jacke die Bonbontüte in der Tasche knisterte. In diesem Augenblick trat mein Vater aus seinem Arbeitszimmer und sagte: „Hast du schon wieder dein ganzes Geld für ungesundes Zeug aus dem Fenster geworfen?" Ich habe mich so schlecht gefühlt!

Die Arbeit ist kein besonders verlässliches Fundament für mein Lebensgebäude.

Ich glaube, dass Gott so nicht ist. Er passt nicht auf, wann ich einen Fehler mache, um mich dann mit Verachtung zu strafen. Gott ist, denke ich, wie eine andere Seite meines Vaters, an die ich mich gern erinnere. Manchmal, wenn meine Brüder und ich abends ins Bett gegangen waren, hat er sich zu uns ins Kinderzimmer gesetzt und im Dunkeln für uns Gitarre gespielt, bis wir eingeschlafen waren. Dieses leise Zupfen der Saiten, die Liebe, die mit der Musik durch das Zimmer schwebte, werde ich nie vergessen.

So ist Gott zu mir. Er spielt im Dunkeln Gitarre für mich. Weder mein Schlafanzug noch meine Arbeit bringen ihn davon ab.

Ein Nest mitten im Weltraum

Wir Menschen sind nicht gerade pflegeleicht. Wir brauchen kuschelige Lebensbedingungen. Ist Ihnen bewusst, dass unser Planet in Weltraumkälte badet und trotzdem genau die richtige Temperatur für uns hat?

Unser Körper hat normalerweise eine Temperatur von 37 Grad Celsius. Und er verkraftet keine großen Abweichungen davon. Sinkt sie um ein oder zwei Grad, dann kämpft der Körper mit beständigem Muskelzittern darum, uns wieder zu erwärmen. Bei 34 Grad werden wir krankhaft müde, und unsere Denkfähigkeit lässt nach. Bei 27 Grad verlieren wir das Bewusstsein, bekommen Herzrhythmusstörungen und sterben.

Umgekehrt verkraften wir auch keine Hitze. Schon eine Körpertemperatur von 40 Grad Celsius kann für uns tödlich sein. Ab 42,8 Grad ist es endgültig aus.

Die Erdatmosphäre stellt genau die richtige Temperatur für uns ein.

Die Erdatmosphäre stellt genau die richtige Temperatur für uns ein. Würden wir nicht in einem Treibhaus leben – in dem das Kohlendioxid der Atmosphäre wie Glasfenster die von der Erdoberfläche reflektierte Sonnenstrahlung abfängt und wieder zu uns zurückwirft –, dann hätte unsere Planetenoberfläche nur eine Durchschnittstemperatur von minus 18 Grad. Im Klartext: Es wäre saukalt. Aber dank des Gasmantels ist es wohlig warm auf der Erde. Inmitten des kalten Weltraums haben wir ein gemütliches Nest, ideal für Lebewesen wie uns, die eine konstante Körpertemperatur brauchen.

Natürlich, wir sind Meister im Schimpfen. Im Sommer ist es uns zu heiß. Als Schriftsteller kann man im Sommer kaum einen klaren Gedanken fassen. Manchmal gehe ich ins Bad, lege mich dort auf den Boden und lese Manuskriptseiten. Im Bad ist es kühl. So erholt sich mein Verstand binnen Minuten, und ich kann wieder denken.

Wenn Winter ist, kann mein Gehirn durch die Kälte gut arbeiten. Trotzdem schimpfe ich. Stehe ich am Morgen auf und sehe bloß graue Wolken und entlaubte, dürre Bäume, dann vergeht mir die Lust zum Arbeiten. (Ich mach's trotzdem. Aber ich ziehe ein Gesicht dabei, als hätte mir jemand saure Milch übers Müsli geschüttet.) Wann wird es endlich Sommer? nörgele ich.

Wann wird es endlich Winter?

Wann wird es endlich Sommer?

Immer im Wechsel.

Ich habe einen Vorschlag. Wollen wir heute mal zugeben, dass der Körper gerade glücklich ist? Weder zittern vor Kälte die Muskeln noch kollabiert vor Hitze der Kreislauf. Bei mir zumindest.

Ich lebe auf einem Planeten namens Erde. Ich lebe in einem Nest inmitten des eisig kalten Weltraums. Und meine 37 Grad Körpertemperatur lassen zu, dass ich denke, lese, schreibe. Das ist gut.

Warnungen im Kopf

Alles auf dieser Welt, das sich bewegt, nutzt sich ab. Autoreifen verlieren Profil. Im Motor verschleißt der Zahnriemen. Schuhsohlen laufen sich durch. Socken kriegen Löcher. Selbst die Hosen werden dünn an den Knien.

Unser Körper funktioniert anders. Gott hat uns so gemacht, dass wir durch Bewegung gesünder werden. Allein schon die Knochen! Bewegung verbessert die Durchblutung des Knochengewebes und macht es damit stabiler, weil der verbesserte Stoffwechsel die Knochendichte erhöht.

Bewegung erhält unsere Gelenke und Bänder geschmeidig.

Das Herz wird ebenfalls leistungsfähiger durch Bewegung. Es schlägt langsamer und kräftiger. Der Herzmuskel kann sich zwischen den Schlägen besser erholen. Weil wir tiefer atmen, wenn wir uns bewegen, bringen wir mehr Sauerstoff ins Blut. Wir können uns besser konzentrieren. Endorphine, Glückshormone, werden freigesetzt.

Die Kehrseite: Wenn wir uns nicht bewegen, werden Muskeln abgebaut, die Knochen werden anfälliger, die Gelenke unbeweglich … Okay, okay, ich höre auf. Ich will Ihnen nicht drohen. Bin ja selbst kein Sportler.

Meistens sitze ich am Schreibtisch und bewege die Finger. Mehr nicht. Aber ich habe gemerkt, wie glücklich es mich macht, eine Stunde Inliner zu fahren. Der frische Wind bläst mir ins Gesicht, ich atme frei und sehe die schöne Landschaft. Hinterher arbeite ich doppelt so gut.

Seltsam, dass ich trotzdem immer wieder zögere.

Im Sommer war ich am schönen Thunersee in der Schweiz. Eigentlich musste ich arbeiten, ich habe eine Schreibwerkstatt geleitet. Aber in einer Pause habe ich mir ein Ruderboot geliehen und bin mit einer Freundin auf den See rausgefahren.

Instinktiv weiß ich, wann ein Mann sich beweisen muss. Mit einer Frau auf den See hinauszurudern gehört dazu. Ich sagte mir: Wenn es anfängt, in den Armen wehzutun, dann beiß die Zähne zusammen und lass dir nichts anmerken. Sie sollte mich ja nicht für einen Schlappschwanz halten.

Ich habe auf den Schmerz gewartet. Aber er kam nicht. Bis wir mitten auf dem See waren, habe ich in meinen Körper hineingehorcht, vor allem in die Oberarme. Mein Körper war glücklich. Dabei hatte ich nicht geübt. Höchstens mal Einkaufstüten getragen. Trotzdem war ich anstandslos bereit, eine Stunde lang zu rudern.

Es war so herrlich, die Berge rings um sich zu haben und diesen weitläufigen See. Ich habe mich gefühlt wie ein Abenteurer. Das letzte bisschen Zivilisation hat die Natur verschluckt: Wir hatten ein Belehrungsblatt mitbekommen, auf dem stand, wo wir hinfahren dürfen, extra eingeschweißt gegen Wasserspritzer – das hat der Wind mit einer kräftigen Bö aus dem Boot geholt. Ehe ich das Boot herumgedreht hatte und zur Stelle gefahren war, wo es auf der Wasserfläche trieb, war es schon untergegangen. Da waren wir also, außer Rufweite vom Ufer, und es war wunderbar.

Das Herz wird leistungsfähiger durch Bewegung.

Ich atmete in tiefen Zügen und hatte sogar das Gefühl, dass sich mein Rücken beim Rudern entspannt. Als es am schönsten war, meldete sich die Vernunft. Jetzt merkst du noch nichts, hat sie mir gesagt, aber morgen hast du höllischen Muskelkater. Also habe ich vorgeschlagen, dass wir umdrehen.

Am nächsten Tag: kein Muskelkater. Nicht ein bisschen davon. Kann es sein, dass ich unrealistische Befürchtungen habe, wenn es um Sport und Bewegung geht? Diese Stimme in mir, die vor Überanstrengung warnt und dauernd von Muskelkater und Schweißausbrüchen und Stechen in der Lunge quasselt – ich sollte sie zum Schweigen bringen. Sie tut mir nicht gut.

Haben Sie wie ich Angst vor Sport? Ein Belehrungsblatt mit achtzehn Warnungen in Ihrem Kopf? Geben Sie's dem Wind. Lassen Sie's im See untergehen. Wenn es aussieht wie meines, dann ist das meiste Unsinn, was darauf steht.

Ich habe mich gleich für morgen mit einem Freund zum Schwimmen verabredet.

Wie Gott uns berührt

Kennt Gott Gefühle? Ich weiß wenig über Gott. Ein Versuch, zu erklären wie Gott fühlt, wäre vermessen. Aber ich weiß, Gott hat sich Musik ausgedacht: dass Töne in einem Welten entstehen lassen, dass ihr Zusammenklang harmonisch und anrührend ist, dass er aufwirbelt, antreibt, beruhigt. Gott hat sich Sex ausgedacht und das Verschmelzen zweier Menschen in einem Gefühlshöhepunkt.

Gott hat kleine Seerobben erfunden, und Fohlen, und Küken, die man am liebsten in die schützenden Hände nehmen möchte. Das Lächeln ist Gottes Erfindung. Der Sternenhimmel. Ein sanfter Windhauch. Eine Rose, die duftet und ihre tiefrote Blüte zum Himmel emporreckt.

Mir scheint, dass Gott ein fühlendes Wesen ist.

Wir als seine Geschöpfe sind ebenso fühlende Wesen. Gerade im Umgang mit Gott allerdings versuchen wir, die Gefühle abzuschütteln. Wir wollen ihn berechnen, ihn analysieren und ausmessen. Wenn wir darüber verlernen, uns in seine Arme fallen zu lassen, geht uns alles verloren.

Jesus sagt es so: „Du sollst den Herrn, deinen Gott, lieben von ganzem Herzen, von ganzer Seele, von ganzem Gemüt und von allen deinen Kräften" (Markus 12,30). Wie oft geben wir Gott nur unseren Kopf! Wir sagen ihm mit kalter Miene: Ich habe deinen Rettungsplan verstanden, und ich möchte von dir gerettet werden. Danke. Das war's. (Oder was auch immer wir mit „Amen" meinen.) Damit ist er nicht zufrieden. Er will, dass wir ihn lieben von ganzem Herzen, von ganzer Seele, von ganzem Gemüt.

Gott gefühlsmäßig zu lieben – geht das denn? Was für Gefühle könnten das sein? Dankbarkeit?

Freude? Bewunderung? Mitgefühl, wenn Gott einen geliebten Menschen leiden sieht?

Immer wieder spricht Gott unsere Gefühle an. Den Verstand erreicht er durch das Erklären von Sachzusammenhängen – und es ist wichtig, dass wir die verstehen, keine Frage. Die Gefühle aber berührt Gott, indem er alle unsere Sinne als Wege zu unserem Herzen benutzt. Hierzu einige Beispiele.

Für mich war die Taufe eines der stärksten emotionalen Erlebnisse, die ich je hatte. Ich konnte am ganzen Körper spüren, dass Gott mich reingewaschen und befreit hat. Nie im Leben habe ich mich so sauber gefühlt, so sicher, so glücklich. Als ich mich in der Umkleidekabine trocken rieb und anzog, war ich ein neuer Mensch.

Beim Abendmahl nehmen wir etwas in den Mund. Wir schmecken Brot und Traubensaft, und während wir das herunterschlucken, wird uns bewusst: Wir persönlich, mit Mund, Magen, Armen, Beinen, Kopf und Herz, wir sind durch Jesu Sterben wieder lebendig geworden. Man könnte auch bloß die Bibeltexte verlesen. Aber es wäre nicht das Gleiche.

Jesus hat oft Geschichten erzählt. Man fragte ihn: Wer ist mein Nächster? Da war seine Antwort nicht: Jeder ist dein Nächster, Punkt. Nein, stattdessen erzählte er die einprägsame Geschichte vom barmherzigen Samariter. Welchen Vorteil haben Geschichten gegenüber sachlichen Antworten? Sie rühren das Herz an. Der verwundete, ausgeraubte Mann, an dem naserümpfend alle vorübergehen – er hat unser Mitleid. Den Samariter bewundern wir für seine Großzügigkeit. Gerade er, den niemand leiden konnte, er hilft dem Niedergeknüppelten. Wir wollen sein wie er, auch wir wollen mit einem Verprügelten mitfühlen und ihm helfen. Durch die Geschichte ist Jesus in unserem Herzen gelandet. Und ganz offenkundig war das Herz sein Ziel.

Eine wichtige Lehre lässt sich aus dem letzten Beispiel ziehen. Während die Antwort „jeder ist dein Nächster" kaum drei Sekunden gebraucht hätte, dauerte das Erzählen der Geschichte um einiges länger. Wir entwickeln nicht innerhalb eines Fingerschnippens Emotionen. Gefühle brauchen Zeit.

Oft vergesse ich das und bin ungeduldig, wenn mein Herz nicht gleich beim ersten Bibelvers, den ich am Morgen lese, weit wird. Auch wenn ich mich zum Gebet hinknie, bin ich nicht sofort in ehrfürchtiger, dankbarer Stimmung. Aber warum sollte es hier anders sein als mit der Liebe von

Mensch zu Mensch? Dort sind wir viel feinfühliger: Wir zünden Kerzen an, lassen leise Musik spielen, lächeln uns schweigend an.

Haben Sie Gott einmal still angelächelt? Haben Sie sich schon vor ihm verneigt, ohne ein Wort? Ich kann so meine Ehrfucht besser ausdrücken als mit fünfhundert Gründen, die ich ihm aufzähle. Das Schweigen ist ein großes Geheimnis. Auf einer langen Autofahrt zu schweigen und mich dabei rundum wohlzufühlen – das schaffe ich nur mit meinen besten Freunden.

Gefühle brauchen Zeit.

Ich gehöre in meiner Kirchengemeinde einem Kreis an, der sich regelmäßig trifft, um „Leben in die Bude" zu bringen. Bei einem der Treffen schlug jemand vor, Gebetsnächte zu veranstalten. Ich war vehement dagegen. Ich sagte: „Ich kann mich beim Beten kaum fünf Minuten konzentrieren. Jetzt soll ich eine ganze Nacht beten? Das ist absurd."

Die anderen überredeten mich, es wenigstens auszuprobieren. Die Gebetsnacht kam – und war ein Genuss! Ich schrieb Gott einen Brief, wir machten Musik, wir warfen per Beamer schöne Bilder an die Wand und freuten uns bei deren Anblick über das Gute, das Gott erschaffen hat. Wir hatten alle

Stühle hinausgeräumt und saßen auf Kissen auf dem Boden. Und wir beteten anders. Flach auf dem Boden liegend, das Gesicht zur Erde. Oder im Stehen mit ausgestreckten Armen.

Wir leben in einer Gesellschaft, die den Verstand betont und zunehmend „virtuell" wird. E-Mails haben Briefe abgelöst, SMS-Nachrichten ersetzen Telefongespräche. Bald sind nur noch unsere Fingerspitzen gefordert, beim Tippen ins Telefon oder beim Über-die-Computertastatur-Hasten. Da ist es ein Erlebnis, mithilfe des ganzen Körpers zu sprechen. Wir sollten die Gefühlsseite unserer Existenz nicht unterdrücken. Es gehört alles zu uns: denken und planen, aber auch sehnen, mitfühlen, weinen und lachen.

Wir dürfen nicht blind werden

Wenn wir vor unserem Haus jeden Tag an einem Käfig vorüberkämen, in dem drei Menschen eingesperrt sind – würden wir uns daran gewöhnen? Vielleicht würden wir von der Stadtverwaltung verlangen, dass eine Hecke angepflanzt wird, die uns den Anblick erspart. Am besten eine Rosenhecke, denn die würde auch die üblen Gerüche der Eingesperrten überdecken. Würden wir irgendwann nicht mehr hinsehen?

Unsinn!, sagen Sie. Wenn Menschen so leiden, das nehme ich doch nicht hin! Ich sehe niemals weg!

Wirklich? Würden Sie den Eingesperrten wenigstens Butterbrote bringen oder etwas zu trinken? Würden Sie gegen die Ungerechtigkeit protestieren?

Die Planetenkugel, auf der wir siedeln, rast durch das Weltall, während wir genüsslich ein Stück Kirschkuchen essen. Und wir nehmen nur noch wahr, wie es um uns herum aussieht: den Reichtum unserer Nachbarn, die Musik unserer Stars, die neuen Automodelle auf unseren Straßen. Aber auf der Erde geht es ungerecht zu.

Da verhungern Menschen, und wir knacken nicht mal unsere eigenen Nüsse.

Achtzig Prozent der weltweiten Investitionen konzentrieren sich auf nur zehn Länder. Eines davon ist Deutschland. Bundespräsident Johannes Rau, der 2006 starb, sagte in seiner letzten großen Rede: „Die Staaten und die Politik, so sieht es manchmal aus, können kaum noch selber handeln, sie scheinen immer mehr dem Gesetz gehorchen zu müssen, das allein der Markt, das die Ökonomie diktiert. Die Politik und die Wirtschaft werden um der Menschen willen gemacht. Das gilt es neu zu entdecken."

Jean Ziegler, UN-Sonderberichterstatter für das Recht auf Nahrung, erklärte im Dokumentarfilm *We Feed the World*: „Alle fünf Sekunden verhungert ein Kind unter zehn Jahren. Ein Kind, das an Hunger stirbt, wird ermordet."

Wir können nichts dafür, dass Regierungen in Afrika und Lateinamerika die reiche Oberschicht begünstigen und nicht auf das Schreien der Armen hören. Schon klar. Und es ist tatsächlich so: Hunger entsteht selten dadurch, dass es zu wenig Nahrung gibt. Sie gelangt einfach nicht zu denen, die sie brauchen, weil vorher andere zugreifen. Vor wenigen Tagen wurde in New York eine Studie veröffentlicht, die feststellte, dass blutige Konflikte in Afrika zwischen 1990 und 2005 genauso viel gekostet haben, wie der Kontinent an Entwicklungshilfe erhielt, rund 284 Milliarden US-Dollar. Die Kriege haben eine Menge Gutes vernichtet.

Dafür können wir nichts! Wir hatten eben Glück und sind in Deutschland geboren. Aber wir dürfen nicht blind werden. Die Fernsehnachrichten berichten nicht mehr darüber – das heißt nicht, dass das Armutsproblem gelöst ist. Im Gegenteil: Die Zahl der hungernden Menschen steigt weltweit stetig an. Eine grausame Bilanz: 1990 hungerten 822 Millionen, im Jahr 2006 waren es 854 Millionen Menschen. Das ist etwa jeder siebte Mensch auf der Erde. Jahr um Jahr sterben acht Millionen Menschen an Hunger, über 20.000 am Tag.

Die Kluft zwischen Arm und Reich wird größer. 1993 wurde zuletzt das weltweite Einkommen untersucht. Damals war zwischen 1988 und 1993 der Anteil der unteren zehn Prozent der Einkommenspyramide am weltweiten Einkommen um über 25 Prozent gesunken; im gleichen Zeitraum stieg der Anteil der oberen zehn Prozent am Welteinkommen um acht Prozent.

Vergeht nicht mitunter ein ganzes Jahr, ohne dass wir an so etwas denken? Da verhungern Menschen, und wir knacken nicht mal unsere eigenen Nüsse. Wir kaufen sie essfertig, Walnüsse, Haselnüsse, Mandeln. Wir leben im Schlaraffenland.

Das ist keine Neuigkeit. Leider. Nur hat es noch bei keinem Problem geholfen, es zu ignorieren. Jim Wallis prägte durch sein neues Buch *Wer, wenn nicht wir* einen guten Satz: Wir sind die, auf die wir immer gewartet haben. Wir haben eine Verantwortung für diese Welt. Tun wir etwas!

Alte Leute mit Humor

Mein Urgroßvater hat Briefmarken gesammelt. Mein Großvater auch. Ich sortiere gerade ihre beiden Sammlungen zusammen und fand dabei alte Briefe. Beide, Urgroßvater und Großvater, sind nicht mehr am Leben. Während ich mir ihre Briefe ansehe, überlege ich, was diese Post wohl damals für sie bedeutet hat. Da schreibt jemand, dass ein gemeinsamer Freund gestorben sei. Es geht um eine Lieferung Kohle zum Heizen im Winter. Es werden gute Wünsche zu Weihnachten übermittelt.

Ich begreife plötzlich, dass meine kleinen Sorgen vergänglich sind, wie ihre es waren. Niemand denkt heute mehr an die Kohlenlieferung. Was mich heute mit klebrigen Armen umschlingt und mir den Atem rauben will, ist auch eines Tages vergangen. Manchmal nehme ich meine Probleme zu ernst.

Wissen Sie, was mir hilft, wenn ich über die

Schwierigkeiten, die sich vor mir auftürmen, nicht hinausgucken kann? Ich summe ein Lied, das ich aus meiner Kindheit kenne.

Abend wird es wieder über Wald und Feld
säuselt Frieden nieder und es ruht die Welt.

Oder das schönste Lied der Welt, das ich mit meinen Brüdern auf Englisch gesungen habe, bevor ich überhaupt wusste, was Englisch ist:

Abide with me, fast falls the even tide,
the darkness deepens, Lord with me abide …

Mir wird friedlich zumute, wenn ich solche Lieder summe. Es ist, als würde ich einen Tank anzapfen, den ich in meiner Kindheit bis zum Rand gefüllt habe, einen Tank voller Träume und Kraft.

Für alte Menschen liegt die Kindheit weit in der Vergangenheit. Aber seltsamerweise kehren sie in ihren letzten Jahren dahin zurück. Sie denken viel an ihre Kindheitstage, erzählen davon und lächeln.

Alte Menschen reagieren auf Probleme unaufgeregt und besonnen. Ich glaube, das rührt daher, dass sie schon so oft Schwierigkeiten überwunden haben. Sie wissen, dass die Probleme nicht von Dauer sind. Also geraten sie nicht mehr in Panik, wenn etwas nicht sofort gelingen will, sondern gehen es entspannt an.

Ich liebe es, wenn alte Leute Humor zeigen.

Vor zehn Minuten passierte ein gebeugter Greis mein Haus, während ich gerade Einkäufe aus dem Kofferraum lud. Dass er meine Straße hochläuft, ist nicht selbstverständlich: Ich wohne auf halber Höhe eines Hügels. Der Weg hinauf ist ziemlich steil.

Manchmal nehme ich meine Probleme zu ernst.

Ein Cabrio hielt und die Fahrerin fragte: „Soll ich Sie mitnehmen?"

Der alte Mann sagte: „Danke, ich möchte gern laufen."

Die Beifahrertür des Zweisitzer-Cabrios öffnete sich, und eine ebenso gebeugte Greisin stieg aus. „Sehen Sie, ich muss hier sowieso raus, jetzt ist Platz für Sie."

Darauf der alte Mann: „Wenn Sie dringeblieben wären, wäre ich mitgefahren."

Beide lachten.

Ich hoffe, wenn ich mal ihr Alter erreiche, bin ich genauso gut gelaunt. Ihr hättet sie sehen sollen, die Greisin und den alten Mann, wie sie lachten – es würde euch die Tageslaune heben wie mir.

Adventskalender

Ich liebe Adventskalender. Nicht die mit Schokolade, die finde ich langweilig. Ich mag kleine Türchen, hinter denen sich Bilder verbergen. Bei guten Kalendern haben die Bilder etwas mit dem großen Ganzen zu tun, sie fügen sich hinein, gehören zur Geschichte. Gute Adventskalender haben auch nicht bloß viereckige Türchen, sie haben runde, dreieckige, schräge. Jedes Türchen erzählt beim Öffnen etwas. In einer Baumhöhle lebt eine Eule. Hinter dem Dachfenster schläft eine Katze. Unter dem Schnee spielen Mäuse Fangen.

Ich mag es überhaupt, an die Tage mit der Erwartung heranzugehen, überrascht zu werden. Auch außerhalb der Adventszeit. Dieser Gedanke beim Aufstehen: Mal sehen, was heute passieren wird! Wenn ich bereit bin, mich überraschen zu lassen, dann betrachte ich alles mit Neugier und kann staunen.

Heute zum Beispiel gab es Melonen. Alle kosteten gleich viel. Sie waren aber verschieden groß. Einige so groß wie Flusspferdköpfe. In mir rang die Faulheit – immerhin würde ich den Flusspferdkopf eine Viertelstunde hügelan tragen – mit der

Gier: zum selben Preis! Dreimal so groß wie die anderen!

Die Gier hat gewonnen. Ich schwitzte, als ich zu Hause ankam, und wuchtete mit Mühe die Melone die Treppen hinauf. Gerade habe ich sie angeschnitten. Leute! Was für eine Frucht! Mein ganzes Zimmer riecht süß nach der Melone. Sie ist saftig. Sie ist aromatisch und schmackhaft. Und sie ist groß. Das wird ein Fest, das mehrere Tage andauert!

Will ich mich heute überraschen lassen?

Kennen Sie das Lied *Der Mond ist aufgegangen?* Es ist der Grund dafür, dass ich Titus heiße. Mein Vater heißt Matthias, und weil meine Mutter den Dichter Matthias Claudius kannte (er hat *Der Mond ist aufgegangen* geschrieben), dachte sie sich: Einen Matthias habe ich schon, jetzt soll unser Sohn Claudius heißen. Und nach Claudius ging es römisch weiter: mit Titus und schließlich mit meinem Bruder Julian.

Der Dichter Matthias Claudius konnte sich an einem Tag erfreuen wie an einem Weihnachtskalendertürchen. Dabei war er sein ganzes Leben lang arm. Den folgenden Text überschrieb er: „Täglich zu singen“.

Ich danke Gott, und freue mich
wie 's Kind zur Weihnachtsgabe,
dass ich bin, bin! Und dass ich dich,
schön menschlich Antlitz! habe;

Dass ich die Sonne, Berg und Meer,
und Laub und Gras kann sehen,
und abends unterm Sternenheer
und lieben Monde gehen,

Und dass mir denn zumute ist,
als wenn wir Kinder kamen,
und sahen, was der heil'ge Christ
bescheret hatte, Amen!

Ich danke Gott mit Saitenspiel,
dass ich kein König worden;
ich wär geschmeichelt worden viel
und wär vielleicht verdorben.

Auch bet ich ihn von Herzen an,
dass ich auf dieser Erde
nicht bin ein großer reicher Mann,
und auch wohl keiner werde.

Denn Ehr und Reichtum treibt und bläht,
hat mancherlei Gefahren,
und vielen hat's das Herz verdreht,
die weiland wacker waren.

Und all das Geld und all das Gut
gewährt zwar viele Sachen;
Gesundheit, Schlaf und guten Mut
kann's aber doch nicht machen.

Und die sind doch, bei Ja und Nein!
ein rechter Lohn und Segen!
Drum will ich mich nicht groß kastei'n
des vielen Geldes wegen.

Gott gebe mir nur jeden Tag,
soviel ich darf zum Leben.
Er gibt's dem Sperling auf dem Dach;
wie sollt er's mir nicht geben!

PS: Was steckt heute hinter Ihrem Türchen?

Mann, Frau, Leistung

Ich bin in Berlin mit der S-Bahn unterwegs. Mir gegenüber sitzt ein Siebenjähriger mit seiner Tante. Sie fahren zum Naturkundemuseum. „Ich möchte aber lieber die Loks ansehen, bitte, können wir danach zu den Loks?" Er bettelt lange.

Endlich verspricht sie es.

Er bemerkt einen freien Sitzplatz und fragt laut: „Warum setzt sich da keiner hin? Es stehen doch so viele!"

Seine Tante kommentiert es nicht. Sie gräbt einen Lippenstift aus ihrer Handtasche.

Blitzschnell greift er danach und malt sich den Mund rot. „Das schmeckt!"

Sie lacht. „Machst du das bei deiner Mutter auch?" Sie fordert ihn zurück.

Er gibt ihn ihr, streckt ihr den Mund entgegen und fragt: „Sieht es gut aus?"

Hätte ich das gewagt, mir den Mund rot anzumalen? Einfach zum Spaß? Ich hatte als Kind Zweifel, ob ich ein vollwertiger Mann werden würde. Wegen meines Rundrückens und der seitlich gekrümmten Wirbelsäule musste ich zur Gymnastik. Dort kam ich mir vor wie ein Krüppel. Ich war einer von denen, die ein körperliches Gebrechen hatten.

Bald mied ich die Krankengymnastik. Jeder Arzt, der mich anschaute, sagte mir, dass ich etwas tun müsse. Oft bekam ich Krankengymnastik verschrieben. Ich ging nicht hin. Mein kleines Selbstbewusstsein verkraftete es nicht, an den körperlichen Makel erinnert zu werden.

Wäre das alles gewesen! Ich habe mich außerdem nicht für Fußball interessiert. Ich kannte nicht mal die berühmtesten Torschützen und Vereine. Ich trainierte nicht mit Hanteln. Ich hörte nicht die richtigen Musikgruppen, um cool und männlich zu sein.

Während ich aufwuchs, fragte ich mich oft: Bin ich ein vollwertiger Mann?

Ich wage gar nicht, mir vorzustellen, wie es Frauen in dieser Beziehung geht. Ihnen wird so viel abverlangt an Figur, an Make-up, Kleidung, Schuhen, Handtaschen, Frisur und Verhalten. Immer müssen sie chic sein, gut drauf sein, die richtigen Accessoires haben. Wann sind sie als Frau vollständig, wann sind sie akzeptiert?

Seltsamerweise erscheint mir der Junge, der sich zum Spaß die Lippen rot anmalt, besonders männlich. Er braucht die Regeln nicht, die ihn offiziell zum Mann erklären. Er weiß, wer er ist, und kann sich deshalb einen Jux erlauben.

Jesus fordert in der Bibel mehrfach zum Loslassen auf. Das Streben danach, der Beste, Höchste, Angesehenste zu sein – wir sollen es loslassen. Die Sicherheit durch den angehäuften Besitz – wir sollen sie loslassen. Den Stolz auf unsere Leistungen – wir sollen ihn loslassen. Mein kleines Selbstbewusstsein sagt: Aber das kann ich nicht hergeben, das brauche ich! Diese Dinge machen mich aus! Sie sind Teil meiner Person, ohne sie bin ich kein richtiger Mann!

Seien Sie großzügig mit sich selbst!

Im Sommer sprang ich bei einer großen Veranstaltung für meinen Bruder ein. Ich sollte mit zwei anderen vor tausend Leuten ein Lied singen. Vor der Veranstaltung wurde ich von vielen Leuten auf meine Bücher angesprochen und gelobt. Ich war stolz auf mich. Gleichzeitig hatte ich fürchterliche Versagensangst. Singen ist nicht mein Beruf, nicht einmal mein Hobby. Ich hatte Sorge, dass gleich auf der Bühne alles gehörig schiefgehen würde. In diesem Wechselbad von Arroganz und Angst erwartete ich den Auftritt.

Die Musikerin am Keyboard gab mir meinen

Ton. Ich sollte das Lied allein beginnen, die anderen Sänger würden später einsetzen. Sekundenbruchteile, bevor ich zu singen begann, bemerkte ich, dass ich meinen Ton verloren hatte. Ich sang trotzdem los, mit dem falschen Ton, und suchte beim Singen die richtige Tonlage. Vor Aufregung verschluckte ich mich, hustete. Meine Mitsängerin bemerkte es und übernahm rasch meine Stimme. Nach dem Lied schlich ich mit rotem Kopf von der Bühne. Wie ich mich schämte! Wenig später aber wurde ich von wildfremden Leuten umarmt. Man lächelte mich an und redete freundlich mit mir. Ich begriff: Sie mögen mich nicht, weil mir etwas gelingt, sie mögen mich einfach so! Die Mischung aus Arroganz und Versagensangst fiel von mir ab wie eine hässliche Hülle. Gott sprach zu mir, ich spürte es im Herzen, wie eine Melodie. Ich verstand, dass alle Menschen gleich wertvoll sind vor ihm. Meine Arroganz war absurd gewesen. Meine Versagensangst genauso. Gott begegnete mir in der Schwäche. Ich kam mit meinen eigenen Kräften nicht weiter – und da merkte ich, dass ich mehr bin als diese Dinge, an die ich mich klammere.

Christine Bruckmann mailte mir:

„Schon öfter habe ich Frauen beobachtet, die eine sehr positive Ausstrahlung haben. Man spürt, sie sind mit

sich im Reinen, finden sich gut, so wie sie sind. Man fühlt sich automatisch in ihrer Nähe wohler, als ob sie ihre positive Einstellung nicht nur sich selbst gegenüber hätten, sondern dieses Wohlwollen auch automatisch auf andere übertragen würden. Sie nehmen sich selbst nichts übel, verzeihen sich alle Fehler und man hofft, dass man in diese Großzügigkeit mit eingeschlossen wird."

Seien Sie großzügig mit sich selbst. Schämen Sie sich nicht für Ihre Mängel. Ich bin sicher, es gibt Menschen, die Sie einfach so lieben. Gott tut es genauso.

Mein außerirdischer Freund

Sie haben vermutlich schon mitbekommen, dass ich an Jesus Christus glaube und regelmäßig bete. Wenn ich mir allerdings bewusst mache, mit wem ich da eigentlich rede, kriege ich Gänsehaut. Jesus Christus ist kein Mann mit langen Haaren, der auf irgendeiner Wolke sitzt und sich über die Weltreligion freut, die er in Gang gebracht hat. Jesus ist ein Außerirdischer.

Das glauben Sie nicht?

Wie würde ein Außerirdischer, der sich als Mensch verkleidet hat, seinen Vertrauten erklären, wer er ist? „Ihr seid von dieser Welt. Ich bin nicht von dieser Welt." Das hat Jesus gesagt. (Johannes hat es notiert, siehe Johannes 8,23.) Die Leute haben übrigens auch ganz logisch reagiert. Sie haben gestaunt und Jesus gefragt: „Wer bist du?"

Und das ist nicht alles. Als die Leute Jesus einmal gefragt haben, wie er sich erdreisten kann, über ihren hochverehrten Ahnherrn Abraham so locker zu reden, als würde er ihn persönlich kennen, da sagte er: „Ehe Abraham wurde, bin ich" (Johannes 8,58).

Also nicht: Ich bin schon uralt, Leute, ich bin dreißig Jahre vor Abraham geboren worden. Auch nicht: Ich werde euch alle überleben, nur dass ihr es wisst, Wesen wie ich können langlebig sein! Nein, er sagt etwas für uns völlig Unverständliches. Es klingt danach, als wäre er immer da. Immer. Als gäbe es für ihn keine Vergangenheit und keine Zukunft. Unser Konzept von Zeit ist ihm fremd. Er ist ein mächtiger Außerirdischer, der außerhalb der Zeit steht.

Mit seiner Antwort hat er sich den Juden außerdem als ihr Gott zu erkennen gegeben. Gott hat nämlich eintausendfünfhundert Jahre vorher auf Moses Frage, wer er denn sei, geantwortet: „Ich bin." Sie verstehen? Das steckt in der Antwort mit drin, die Jesus gegeben hat: „Ehe Abraham wurde, bin ich." Da stimmt etwas mit der Zeitform nicht, würde ich als Autor sagen. Die Grammatik hakt. Die Leute haben das damals sofort begriffen und wollten Jesus wegen Gotteslästerung steinigen.

Fragen Sie mich bitte nicht, wie das funktioniert: Heiliger Geist, Gott-Vater und Jesus Christus als eine Person und doch drei Personen. Ich habe nicht behauptet, dass ich diesen Außerirdischen durch und durch verstehe.

Neulich war ich zu einem Perry-Rhodan-Con eingeladen, einer Konferenz, die von der größten Science-Fiction-Serie der Welt handelte. Kennen Sie Perry Rhodan? Seit 1963 wird ununterbrochen diese Geschichte erzählt, in Heftromanen am Kiosk, in Büchern, Filmen, Comics und Hörbüchern. Weil ich als Gastautor einen Perry-Rhodan-Roman geschrieben hatte, in dem eine Bibel auftaucht, sollte ich eine Rede halten zum Thema: Gott in der Science-Fiction.

Nun ist das Problem, dass Gott eher selten in der Science-Fiction auftritt. Es gibt im Grunde zwei Denkschulen in diesem Genre. Vertreter der einen

Denkschule sind materialistisch eingestellt. Gott wird nicht mehr gebraucht, sagen sie. Die Menschheit gelangt durch technische und moralische Fortschritte in ein goldenes Zeitalter. Ein Beispiel für diese Auffassung ist „Star Trek". (Wie habe ich die Serie geliebt als Kind!)

Die dunklere Denkschule in der Science-Fiction ist dem Materialismus direkt entgegengerichtet und stellt die Frage: Können wir unseren Sinnen trauen? Im Film „Matrix" versklaven Maschinen die Menschen, und alles, was wir schmecken, sehen und fühlen, ist nur eine Illusion. Sie wird direkt in unserem Kopf erzeugt durch ein Programm der Maschinen, die uns beherrschen. Die Menschheit wurde von Gott verlassen.

Beide Denkschulen lehnen den christlichen Glauben ab. So kam es, dass ich vor einem Publikum von Atheisten stand und über „Gott in der Science-Fiction" reden sollte. Bald hagelte es wütende Kommentare. „Glaube ist doch Schwäche, das ist doch nur eine Folge von Angst!"

Ich fing an zu schwitzen und bat im Stillen Gott um Hilfe. Dann sagte ich: „Ich weiß nicht, ob das stimmt, was ich glaube. Vielleicht muss ich eines Tages erkennen, dass es falsch war, und die Dinge neu und anders sehen. Mein gegenwärtiger Standpunkt ist: Ich glaube, dass es Gott gibt. Er ist ein Außerirdischer. Science-Fiction-Fans wie Sie sollten den Gedanken nicht allzu fremd finden, dass es Leben gibt außer unserem. Gott ist nicht von dieser Erde. Ich glaube, dass er mir zuhört, wenn ich denke oder rede oder fühle, auch wenn ich nicht weiß, wie das funktioniert. Und ich glaube, dass er klüger ist, als wir alle zusammen."

Wie würde ein Außerirdischer den Menschen erklären, wer er ist?

Plötzlich veränderte sich die Stimmung im Raum. Das Publikum hörte mir viel aufmerksamer zu, und die Gesichter hellten auf.

„Ich suche ihn. Das ist ein wichtiger Teil meines Lebens. Ich will mehr über ihn herausfinden, über meinen Ursprung, und über dieses Wesen, das der Erschaffer des Lebens ist. Mir ist klar, dass ich da noch ganz am Anfang stehe. Aber schon die kleinsten Erkenntnisse faszinieren mich."

Als mein Vortrag zu Ende war, kam ein Mann auf mich zu: „Wissen Sie, wer ich bin? Ich habe diesen Verriss geschrieben zu Ihrem Buch."

Es war ein kränkender Verriss gewesen, der für mich nur mit Dutzenden lobender Rezensionen aufgewogen werden konnte. Ich wappnete mich für einen weiteren Angriff und sagte: „Ja?“

Er schüttelte den Kopf. „Das tut mir jetzt richtig leid. Ich wusste nicht, dass Sie ein Suchender sind. Ich dachte, Sie meinen, schon alles zu wissen. Wusste gar nicht, dass Sie so sympathisch sind!“

Wir saßen anschließend den ganzen Nachmittag zusammen in einer Pizzeria. Wir verstanden uns prächtig.

Uns Christen passiert es leider schnell, dass wir uns einbilden, Gott zu verstehen. Wir stellen Regeln auf, was man anziehen soll, was man essen soll und was man anschauen soll, und wer und wie Gott ist und warum er wann wie denkt. Das passiert vor allem dann, wenn wir vergessen, dass Gott ein Außerirdischer ist.

Es ist gut, sich von Zeit zu Zeit daran zu erinnern. Ehrlich, ich weiß vieles nicht mal in Ansätzen. Ich weiß nicht, wie Gott es schafft, an mehreren Orten gleichzeitig zu sein. Ich weiß nicht, wie er meine Gedanken lesen kann und wie er aus dem Nichts Materie schafft. Ich weiß nur die Dinge, die er selbst über sich verraten wollte. Viele davon sind in der Bibel aufgeschrieben, einem Buch, das über vier Jahrtausende entstanden ist, in dem Menschen von ihren Erfahrungen mit Gott berichten.

Im Grunde bin ich wie ein Baby im Arm seiner Mutter. Ich kann ihre Liebe spüren und merken, dass ich gefüttert werde. Was sie denkt, was sie arbeitet, während ich schlafe – davon habe ich keine Ahnung. Und ich sollte auch nicht so tun, als würde ich alles durchschauen. Es genügt erst einmal, mich zu freuen, dass ich geliebt werde und sich jemand um mich kümmert, der mich genau kennt.

Der Rest ist eine lange Reise und ein großes Abenteuer, für das ein Leben gar nicht ausreicht.

Gras, Luft, Licht

Ich habe ein besonderes Verhältnis zu Gras. Wenn ich an einer Wiese vorbeikomme, atme ich tief ihren Duft ein. Manchmal bücke ich mich und streiche mit der Hand über die Halme. Ich frage mich, welche Tiere wohl auf dieser Wiese leben – es sind Tausende, auch auf einem kleinen Wiesenstück! – und wie es ihnen geht.

Vielleicht liegt es daran, wie ich aufgewachsen bin. Meine Brüder und ich sind viel auf Wiesen herumgetollt. Das Gefühl, barfuß über eine Wiese zu laufen, gibt mir noch heute beglückende Erinnerungen ein. Auf einer Wiese haben wir einmal eine Maus gefangen. Wir haben Gänseblümchen abgepflückt und sie mit kindlichem Geschäftssinn an Rentner verkauft. Wir haben Hirtentäschel und Sauerampfer genascht. Voller Ekel haben wir den giftigen weißen Saft aus den Halmen von Pusteblumen gequetscht. Auf Wiesen haben wir uns gebalgt. Wir haben aber auch still auf dem Boden gelegen und gelernt, dass man eine spannende Tierwelt betrachten kann, wenn man sich auf Augenhöhe mit den Halmen begibt.

Mein älterer Bruder Claudius begann damals, Ameisen zu züchten, und mein jüngerer Bruder und ich haben es ihm nachgemacht. Wir entführten eine Königin der gelben Knotenameisen aus dem Garten unserer Großmutter, sperrten sie in ein Gurkenglas und halfen ihr, ihre Brut aufzuziehen. Später gab es „Auslaufgehege" für die Ameisen, die sie durch einen Schlauch erreichen konnten. Und noch heute falle ich beglückt auf alle viere nieder, wenn ein Käfer über den Weg krabbelt, und spreche sogar freundlich mit den Spinnen in meiner Wohnung.

Aber Gras ist nicht nur wegen der Tiere, die es bevölkern, etwas Besonderes. Es erscheint mir wie das grüne Fell der Natur. Wo immer sie ihre Erde darbietet, sprießen Halme. Nahe meines Wohnorts wurde der Verlauf einer Landstraße geändert. Nachdem man die neue Straße gebaut und geteert hatte, riss man die alte Straße ab. Ich fahre mehrmals in der Woche an ihr vorbei. Schon zwei Wochen später sah man nichts mehr davon, dass dort einmal eine Straße gewesen war. Wildes Gras wuchs auf dem alten Straßenbett.

Als ich für die Recherchen an meinem Roman *Die Brillenmacherin* in England war, bin ich einmal sehr früh am Morgen aufgestanden. Ich wollte sehen, wie die Sonne über den grünen Weiden aufging. Schafe rupften das Gras mit einer Kopfbewegung ab und fraßen es. Es gab ein knirschendes Geräusch in der Morgenstille, wenn sie das Gras abrissen. Schade, dass wir Menschen nicht grasen können. Wenn ich eine saftige Wiese sehe, kriege ich richtig Lust darauf.

Wir meinen heute, je weiter wir uns von einem Gegenstand entfernen, um ihn von außen, quasi unbeeinflusst von Emotionen, zu betrachten, desto näher seien wir der Realität. Dabei ziehen wir immer tiefere Gräben zwischen uns und das Leben. Wir fassen Blumen, Liebe, Farben in einen kühlen Blick, wie Außenstehende, und halten uns für klug dabei. Das ist, als würde man bei einer CD mit Beethovens neunter Symphonie die digitalen Informationen untersuchen, durch die sie auf die Silberscheibe gebannt ist. Das kann man machen – man kommt der Musik damit aber nicht besonders nahe. Ihre Bedeutung kann man nur erfassen, wenn man sich ihr ausliefert und sie anhört. Wenn man sie an sich heranlässt. Das haben wir verlernt: das Leben an uns heranzulassen.

Wir sind umgeben von Wundern und haben verlernt, das Besondere darin zu sehen. Gras ist nur ein Grund zum Staunen – es gibt viele mehr. Zum Beispiel die Sterne und Planeten. Es gibt Spiralnebel. Es gibt Eisgeysire auf dem Saturnmond Enceladus. Es gibt kosmische Tornados, und wir haben keinen blassen Schimmer, wie sie entstehen. Da ist eine Weite und Größe und Schönheit um uns herum, Nacht für Nacht zeigt sie sich am Himmel.

Mein Kollege Albrecht Gralle schreibt in seinem Buch *Der Lastwagen im Schlüsselloch*:

„Er blickte nach oben. Über ihm waren die Schneewolken aufgerissen und dahinter zeigte sich ein schwarzer Himmel, der übersät war mit funkelnden Lichtern. Schweigend sahen sie auf Philipp herab und er stellte

sich vor, wenn nur jeder Planet und jede Sonne einen kleinen, winzigen Ton von sich geben könnte, dann würde über seinem Kopf ein gewaltiger Akkord durch die Nacht brausen. Und wer weiß, vielleicht gab es das ja auch. Hatte er nicht erst neulich gelesen, dass sich die Erde unmerklich rhythmisch zusammenziehen und ausdehnen würde und einen tiefen Summton abgab, der aber für Menschen nicht zu hören war? Vielleicht hatte ja tatsächlich jeder Planet und jede Sonne einen eigenen Ton und niemand hatte diese Musik bisher gehört."

Die Welt um sich herum wieder wahrzunehmen, sie zu bestaunen und sich von ihr berühren zu lassen, das lässt sich üben. Christine reagierte auf mein Buch *Vom Glück zu leben* mit einer schönen Kindheitserinnerung:

„Mir ist auch gleich wieder eingefallen, wie ich als Kind oft mit einem Handspiegel, waagerecht unter die Augen gehalten, durch die Wohnung ging. Es war ein Abenteuer! Hast du das mal probiert? Du läufst an der Decke und durch die Türen kommst du nur, wenn du die Füße kräftig anhebst. Und du darfst nicht auf den Balkon gehen, sonst stürzt du in den Himmel! Toll!"

Wann haben Sie zuletzt zwei Spiegel genommen und ein unendliches Bild erzeugt, in dem Sie hundertfach enthalten waren, immer kleiner und kleiner und kleiner? Es gibt so viele Möglichkeiten, zu staunen. Putzen Sie einmal linkshändig die Zähne. Sie werden verblüfft darüber sein, was ihre rechte Hand jeden Abend bewältigt – die Linke kann es nämlich überhaupt nicht.

Wir sind umgeben von Wundern und haben verlernt, das Besondere darin zu sehen.

Ich knacke Haselnüsse, während ich diesen Text schreibe. Ist Ihnen einmal aufgefallen, dass jede Nuss anders schmeckt? Jede. Die Tütensüßigkeiten, die ich so oft verschlinge, können bei diesem Reichtum nicht mithalten.

Wollen wir einmal anhalten und überhaupt nichts tun? Selbst das Atmen ist ein Wunder. Treten Sie ans Fenster, schmecken Sie die frische Luft! Ja, Luft kann man schmecken. Luft ist ja nicht einfach nichts. Luft trägt Papierflieger. Sie trägt Schmetterlinge und Kohlmeisen und Eulen. Sie trägt Hubschrauber und Flugzeuge.

Licht ist genauso ein Grund zum Staunen. So wünsche ich mir jeden Tag: mit Licht und klarer, frischer Luft, mit Nüssen im Mund und mit Gras, das noch Tautropfen trägt und kühl über meine Haut fährt, wenn ich es streichele. Meistens sind alle diese Dinge da. Ich bin nur zu beschäftigt, um sie wahrzunehmen.

„Schuhe kaputt?“

Ich habe eine Blase am linken Fuß. Sie tut weh, wenn ich laufe. Also habe ich mir ein Küchenmesser genommen, um sie aufzuschneiden. Das ging nicht so einfach, wie ich dachte – Haut ist verblüffend hartnäckig. Schließlich habe ich Skrupel bekommen und vorsichtshalber im Internet nachgelesen, ob man Blasen überhaupt aufschneiden darf.

Da steht: „Nicht aufstechen! Sonst entzündet sich die Blase.“

Ein anderer schreibt: „Sterilisieren Sie eine Nadel und stechen Sie die Blase auf. Nach kurzer Zeit ist alles verheilt.“

Beide Aussagen gibt es ungefähr fünfhundert Mal. Was soll ich also machen? Entzündung. Ein böses Wort. Außerdem habe ich nichts zum Sterilisieren. Ich könnte die Nadel bloß über eine Kerzenflamme halten, wie in den Westernfilmen, wenn sie einem Cowboy eine Kugel aus dem Leib schneiden. Wird die Nadel dabei nicht rußig? Ist Ruß etwa steril?

Wenn man zu lange über etwas nachdenkt, beginnt die Fantasie zu spielen. Ich sehe mich schon im Krankenhaus. Ärzte mit vorwurfsvollen Gesichtern beugen sich über mein Bett. Hinter dem Rücken verbergen sie Sägen und Betäubungsspritzen.

Es braucht ab und zu eine Blase am Fuß, die mich aus der Bahn wirft.

Die Entscheidung ist gefallen. Ich steche sie nicht auf.

Gerade musste ich in die Stadt. Ich bin gehumpelt wegen der Blase. So was Blödes, dachte ich mir. Da fiel mir ein, die Schuhe auszuziehen. Ich mache mir immer viele Gedanken darüber, was die anderen über mich denken. In der Stadt möchte ich am liebsten gar nicht bemerkt werden, ich will einer von vielen sein, ein ganz gewöhnlicher Passant.

Aber die Blase tat weh. Also habe ich die Schuhe ausgezogen und bin barfuß gelaufen. Es läuft sich fabelhaft ohne Schuhe. Anfangs war es mir unangenehm, wie mich die Leute angesehen haben, einen langen Kerl, der die Schuhe in der Hand trägt und barfuß läuft – aber dann habe ich mich entspannt und habe ab und an gegrinst.

Einer sagte: „Schuhe kaputt?"

Ich hab's ihm erklärt, und er hat verständnisvoll genickt.

Beim Heimkehren waren die Füße schwarz. Also bin ich voll bekleidet in die Dusche gestiegen, das hat auch Spaß gemacht. Ist ja nicht schlimm, wenn die Jeans unten ein bisschen nass wird. Ich habe mir die Füße gewaschen. Der Duschstrahl hat herrlich gekribbelt an den Fußsohlen.

Ich glaube, wenn es mir gut geht und alles wie geplant abläuft, bin ich zu brav. Es braucht ab und zu eine Blase am Fuß, die mich aus der Bahn wirft. Im Nachhinein bin ich ihr dankbar.

Charlie Chaplin

Alles läuft bestens, der Tag ist gut, ich bin zufrieden mit mir – da bricht auf der anderen Straßenseite eine Gruppe Jugendlicher in Gelächter aus. Ich frage mich: Lachen die über mich? Sofort fange ich an, mich selbst zu beobachten. Meine Schritte kommen mir plötzlich unbeholfen vor. Walrossschritte. Entenschritte. Mistkäferschritte.

Schaut das Hemd unter der Jacke heraus? Sieht es affig aus, wie ich den Rucksack trage? Ich prüfe im Gehen mein Spiegelbild in einer Schaufensterscheibe. Die Haare sehen heute komisch aus, finde ich. Was denken die Leute über mich?

In der U-Bahn setze ich mich hin. Sitze ich nicht zu krumm? Ich strecke den Rücken. Sitze ich jetzt nicht zu steif da? Dass ich gut zuhören kann, dass ich ein liebevoller Mensch bin, dass ich Geschichten erzählen kann, all das zählt nicht. Es kommt nur darauf an, was die anderen über mich denken. Mein Wert hängt für mich davon ab, ob ich ihnen gefalle.

Manchmal dauert dieser Zustand Wochen an, ehe ich im Stillen wieder mit mir Frieden schließe. In solchen Wochen ist es für mich äußerst wichtig, was meine Nachbarn von mir halten. Ich bin abhängig davon, dass meine Freunde mich bewundern. Ich übertreibe meine Erfolge, lache besonders laut und spiele neuen Bekanntschaften gute Laune vor, um als Stimmungsmacher zu gelten. Ich lechze nach einem guten Urteil über mich, weil ich über mich selbst verunsichert bin.

Zu Beginn des zwanzigsten Jahrhunderts hieß der bekannteste Star der Welt Charlie Chaplin. Die Menschen waren so begeistert von ihm, dass sie Wettbewerbe veranstalteten, um herauszufinden, wer ihn am besten nachahmen könnte. 1912 fand ein solcher Charlie-Chaplin-Ähnlichkeitswettbewerb in San Francisco statt. Charlie Chaplin hörte davon, als er in die Stadt kam. Er erlaubte sich einen Scherz und ging hin, ohne sich zu erkennen zu geben. Er nahm wie ein gewöhnlicher Mensch am Wettbewerb teil.

Die Jury gab ihm den dritten Platz.

Die Jury fand also, dass andere Charlie Chaplin ähnlicher waren als er selbst. So etwas passiert, wenn man sich von anderen beurteilen lässt.

Niemand kennt unseren Wert so gut wie der, der sich uns ausgedacht hat. Ich bin wertvoll für Gott. Das weiß ich. Leider vergesse ich es so oft.

Ich schreibe gerade an meinem siebten Roman und habe eine Viertelmillion Bücher verkauft. In Berlin steht ein Text von mir im Schulbuch für den Deutschunterricht. Die armen Schüler müssen ihn analysieren und besprechen. Ich habe Literaturpreise gewonnen, viele Länder bereist und eine Menge Fanpost bekommen.

Trotzdem fühle ich mich oft so, als würde ich

die guten Autoren nur nachahmen. Irgendwann kommt es ans Licht, denke ich dann, dass ich eigentlich gar nicht schreiben kann. Irgendwann geben mich die Lektoren auf, und wenn doch ein neues Buch von mir erscheint, weil sich ein Verlag meiner erbarmt hat, dann winken die Buchhändler nur noch ab.

Da ist eine Wunde in mir drin, glaube ich. Die kann nur jemand heilen, der mich durch und durch kennt. Der, der mich geschaffen hat. Gott. Wissen Sie, wie er das macht? Erstens liebt er mich – genau so, wie ich bin – und hat mich gewollt. Zweitens lacht er über meine Fehler. Er wischt sie mit einer Handbewegung vom Tisch. Und drittens gibt er mir Aufgaben, die mir zeigen, dass er mir viel zutraut.

Diese Aufgaben haben Sie übrigens auch.

Wir sollen die Erde als unser Königreich verwalten. Dabei wissen wir noch nicht mal, welche Tiere in den Meerestiefen leben. Und wir kriegen nicht alle Menschen satt, obwohl es genug zu essen gibt.

Wir sollen ein festes Herz gewinnen, einen guten Charakter. Das ist mindestens genauso schwer. Ich bin froh, wenn ich mit achtzig Jahren einmal feststelle, dass es nicht schlimmer geworden ist mit meiner Sucht nach Anerkennung und der Angst, von den Bedürfnissen meiner Freunde überfordert zu werden.

Wir sollen diese Welt zum Positiven verändern. Nicht irgendjemand anderes, einer, der mehr Einfluss hat oder zaubern kann oder sonst nichts zu tun hat. *Wir.*

Ich bin wertvoll für Gott. Leider vergesse ich es oft.

Manche denken ja, die Bibel bringe eine simple Botschaft. Aber das ist nicht wahr. Die Bibel erzählt von einer Schlacht zwischen Gut und Böse. Jeder von uns erlebt diese Schlacht in sich selbst, und wir sehen sie um uns herum ablaufen, wenn wir die Augen aufmachen. Gut kämpft gegen Böse. Gott will, dass wir Untergrundkämpfer für die Liebe werden und mit Güte und Vergebungsbereitschaft gegen das Eis vorgehen, das sich überall breitmacht zu einem ewigen Winter.

Ich bin heilfroh, dass Gott mich so liebt, wie ich bin. Und ich fühle mich geehrt, dass er mir große Aufgaben zutraut. Mag sein, dass ich manchmal feige bin und mich selbst nicht leiden kann, weil ich mir zu schwach erscheine. Ich schiebe mich mitunter selbst auf den dritten Platz. Gott schüttelt jedes Mal den Kopf, greift unter meine Arme und hebt mich wieder auf Platz eins. Da ist er unerbittlich. Charlie Chaplin ist Charlie Chaplin.

Hören wir noch zu?

Im Flughafen Zürich sagt mir beim Check-in der Angestellte der Fluggesellschaft: „Ich wünsche einen guten Flug!"

Ich: „Ebenso."

Er: „Danke."

Als ich weitergehe, fällt mir auf, wie absurd unser Gespräch war. Er fliegt doch überhaupt nicht, wie konnte ich da „ebenso" sagen? Auf einen guten Wunsch hin reagiere ich reflexhaft mit „ebenso", und er antwortet auf „ebenso" offenbar immer mit „danke". Hören wir uns überhaupt noch zu?

Am Gate kommt mir eine Stewardess entgegen und ruft: „Bombay?" Ich sage: „Ich würde gern nach Berlin fliegen, von Gate E43." Sie schaut aufs Nachbargate. „Ja, das mag sein, Gate E43. Aber wir suchen noch Passagiere nach Bombay. Würden Sie nicht lieber nach Bombay fliegen?" Ich überlege kurz und lehne ab. Wir lachen.

Es ist schwer, einem anderen zuzuhören. Oft sind wir so sehr mit uns selbst beschäftigt, dass wir die Begegnung mit anderen nur noch formelhaft spielen. Wir sind gar nicht wirklich anwesend.

Eine der großen Enttäuschungen in meinem Leben war, dass ich die Führerscheinprüfung erst beim dritten Anlauf bestanden habe. Zur ersten Prüfung erschien ich fröhlich und selbstbewusst. Ich konnte fahren! (Der Fahrlehrer hatte in den ersten Stunden mehrfach gesagt: „Sie können es ruhig zugeben. Sie haben doch schon Erfahrung! Wo sind Sie sonst gefahren?") Ich war so von mir überzeugt, dass ich locker und entspannt auf eine Kreuzung fuhr, auf der sich alles staute. Der Stau löste sich nicht auf, die Ampel schaltete auf rot, und ich war durchgefallen.

Beim zweiten Anlauf plagten mich Selbstzweifel. Trotzdem ging alles gut, bis ich am Ende einparken sollte. Ich fiel wieder durch. Sie können sich vorstellen, dass ich am Boden zerstört war. Vor der Haustür traf ich die Nachbarin, eine freundliche Frau, die ich gern mochte. Sie sagte: „Herr Müller, wie geht es Ihnen?"

„Schlecht", sagte ich. „Ich bin gerade zum zweiten Mal durch die Fahrprüfung gefallen."

„Sehr schön." Sie lächelte.

Ich blieb stehen. „Haben Sie mich nicht verstanden? Ich bin durch die Fahrprüfung gefallen."

Da erst begriff sie. Sie war das Austauschen von Höflichkeiten so sehr gewöhnt, dass sie gar nicht mehr zuhörte.

Glauben Sie mir, von allen Menschen bin ich der Letzte, der jemandem einen Vorwurf machen darf, der nicht gut zuhört. Ich telefoniere zum Beispiel ungern. Wenn mein Gesprächspartner nicht aufhört zu reden, dann sehe ich auf die Uhr und nehme mir vor: Bis halb hältst du es noch aus, dann beendest du das Gespräch. Ich muss mich überreden, zuzuhören. Ist das nicht traurig?

Es gibt kaum einen größeren Liebesbeweis als gutes Zuhören.

Dabei gibt es kaum einen größeren Liebesbeweis als gutes Zuhören. Wenn meine Freunde sich an etwas erinnern, das ich ihnen im Nebensatz vor vier Wochen gesagt habe, bin ich jedes Mal verblüfft. Ich fühle mich ernst genommen und geliebt. Ihnen ist so wichtig, was ich sage, dass sie genau hinhören. Das ist ein Geschenk an mich.

Geben wir heute den Menschen um uns herum dieses Geschenk. Hören wir genau zu. Wer Gespräche auskostet, anstatt sie wie eine eilige Mahlzeit herunterzuschlingen, begegnet den anderen wirklich. Das lohnt sich.

Heute lebe ich!

Ich habe mit Salome herumgealbert. Salome ist vier Monate alt. Sie hat gelächelt, hat gejuchzt und sich mit ihren winzigen Händen an meinem Sweatshirt festgehalten. Die Umstehenden haben gesagt, das sähe gut aus, die Kleine auf meinem Arm. Ich weiß, dass es gut aussieht. Ich liebe Kinder.

Jetzt bin ich unterwegs zu einer Lesung. Auf der Fahrt in eine andere Stadt hat man viel Zeit, um nachzudenken. Mir wurde bewusst, dass ich weder verlobt noch verheiratet bin, und dass es lange dauern wird, bis ich eine eigene Familie habe. Dieser Gedanke fühlte sich an, als sei ich in einer Übergangsphase. Habe ich mich nicht die meiste Zeit im Leben so gefühlt? Die Übergangsphase, bis ich endlich das Abitur in der Tasche hatte. Die Übergangsphase, bis ich endlich den Studienabschluss absolviert hatte und das Berufsleben begann. Seit ich den Studienabschluss gemacht habe, befinde ich mich in der Übergangsphase, bis das ersehnte Familienleben beginnt.

Also ist heute nur ein Übergangstag? Ein Vorüberhetzen, hin zum nächsten Ziel? Es hat mich glücklich gemacht, mit Salome herumzualbern. Das war wirklich. Das war heute. Es hat mein Herz springen lassen. Leicht geschieht es, dass ich das übersehe vor lauter Neid auf alle, die schon eigene Kinder haben. Aber dann wird alles Erleben und Genießen flüchtig.

Was soll ich später einmal über diese Jahre denken, die nach dem Studienabschluss kamen? Sollen sie eine gute Zeit gewesen sein, eine glückliche Zeit? Oder nur ein Übergang zum Nächsten? Ich habe es in der Hand.

Auch im kleinen Kosmos eines einzigen Tages mache ich oft den Fehler, übergangsweise zu leben. Ich lese am Morgen in einem guten Buch oder in der Bibel und spreche für einige Minuten mit Gott. Dabei denke ich schon an die Arbeiten, die ich danach in Angriff nehmen möchte, und zügele mich nur mit Mühe. Es könnte ein Höhepunkt sein: beim Lesen neue Gedanken aufzunehmen und mit Gott darüber zu sprechen. Eine Audienz bei meinem Schöpfer! Aber es gibt keine übergangsweisen Höhepunkte, das ist ein Widerspruch in sich.

Wenig später sitze ich am Schreibtisch und arbeite. Dabei denke ich schon an den Abend, wenn endlich das Pensum geschafft ist und ich ins Kino gehe oder mich mit Freunden treffe. Ich habe eine fantastische Arbeit! Ich darf das tun, was ich am liebsten mache: mich in einen Menschen hineindenken. Das richtige Wort suchen. Aus Wörtern Sätze bauen. Geschichten erzählen. Warum genieße ich das so selten, und denke stattdessen an die Freizeit, die danach folgt?

Der heutige Tag kehrt nie zurück. Er verdient es, ausgekostet zu werden.

Es muss nicht mal eine Übergangsphase sein, beim Bäcker anzustehen. Ich kann die schönen Düfte aufnehmen, kann die Kuchen bewundern, kann die Menschen beobachten, die vor mir an der Reihe sind, und mich fragen, wie es ihnen geht. Es muss kein Übergang sein, für eine Prüfung zu lernen. Ich kann wie ein Sportler mein Gehirn trainieren. Ich kann mich über kleine Etappensiege freuen, kann über mich selbst staunen, dass ich am nächsten Morgen das Gelernte noch weiß.

Der heutige Tag kehrt nie zurück. Er verdient

es, gewürdigt, genossen und ausgekostet zu werden. Eine schöne Aufgabe. Vielleicht ist es eines der größten Rätsel unseres Lebens: dass ein Menschenleben aus einzelnen Tagen besteht und wir die Kunst erlernen dürfen, jeden Tag bewusst da zu sein in dem, was wir tun.

Mehr wäre möglich

Heute bin ich Patrick begegnet. Wir unterhielten uns auf der Straße. Er pflegt für einen Euro die Stunde alte Menschen und lebt am Existenzminimum. Seine geliebte Hündin hinkte, sie hatte einen Kreuzbandriss und musste zum Tierarzt. Er hatte schon alle Nachbarn gefragt. Niemand wollte sie die acht Kilometer fahren, entweder weil man keinen Hund im Auto haben will, oder weil der Ehepartner tagsüber, wenn der Tierarzt geöffnet hat, selbst mit dem Auto unterwegs ist. Ich bot an, Patrick und den Hund zu fahren. Wir haben uns nett unterhalten, der Tierarzt hat die Hündin untersucht, ihr zwei Spritzen gegen die Schmerzen und die Schwellung gegeben und einen

OP-Termin festgesetzt. Als ich wieder zu Hause ankam und aus dem Auto stieg, dachte ich: Es ist ein Privileg, ein Auto zu haben.

Ich schlug die Fahrertür zu, schloss ab und hielt inne. Wie lange habe ich dieses Auto? fragte ich mich. Drei Jahre sind es. Wofür habe ich das Auto eingesetzt? Fast ausschließlich für mich. Für meinen Beruf. Für meine Bequemlichkeit. Ich zählte innerlich nach: Dreimal habe ich am Straßenrand jemanden aufgelesen und mitgenommen. Zweimal habe ich meiner Nachbarin ausgeholfen, die keinen Führerschein hat. Und heute habe ich Patrick und seine Hündin zum Tierarzt gefahren. Von 70.000 gefahrenen Kilometern haben, wenn es hoch kommt, 200 Kilometer anderen gedient.

Mein Herz taut auf, ich merke, dass ich lebe.

Wie leicht nehme ich den Luxus für selbstverständlich! Gehört zu einem Besitz vielleicht auch eine Verantwortung? Ich bin beschenkt mit Mitteln, mit Gütern, mit Zeit. Jetzt zu Hause zu sitzen und zu wissen, dass im Auto Haare der Hündin hängen, dafür aber das Tier mit geringeren Schmerzen zu Hause liegt, und Patrick erlebt hat, wie man ihm geholfen hat, das macht mich glücklich. Ich habe plötzlich das Gefühl, den Platz besser auszufüllen, für den ich gedacht bin. Im Grunde bin ich Patrick und seiner Hündin dankbar. Sie haben mir gutgetan. Sie haben mir gezeigt, wer ich sein soll.

Bertolt Brecht dichtete:

Gegessen wurde, was da war.
Gegeben wurde den Bedürftigen.
Gesprochen wurde mit den Anwesenden.
Gearbeitet wurde mit den Kräften, der Weisheit
und dem Mut, die zur Verfügung standen.
Die Sorglosigkeit soll nicht entschuldigt werden.
Mehr wäre möglich gewesen.
Das Bedauern wird ausgesprochen.
(Was könnte es helfen?)

Wenn wir resignieren und uns einem Trott hingeben, ohne nach rechts und links zu schauen, geht der Welt viel verloren, und uns geht viel verloren. Wir müssen Größeres für möglich halten. Wir dürfen uns nicht durch unsere Ängste von der Verwirklichung des Guten abhalten lassen.

Wir müssen etwas sagen, wenn der Chef vor versammelter Mannschaft den Kollegen runterputzt. Wenn die Kollegen den Auszubildenden schikanieren. Wenn in der S-Bahn ein Betrunkener eine Frau anpöbelt.

Häufig hindert mich am Helfen die innere Sorge, was wohl die anderen von mir denken werden. Neulich sah ich am Bahnhof einen Mann, dem die Nase tropfte. Ich habe nicht gewagt, ihm ein Taschentuch anzubieten, weil er vielleicht gedacht hätte, mich ekelt seine tropfende Nase. Kurz darauf sah ich ein Kind, dem die Fahrradkette herausgesprungen war. Ich habe nicht gewagt, ihm meine Hilfe anzubieten. Wenn die Eltern mich gesehen hätten, wie ich das Fahrrad repariere, hätten sie das ja womöglich seltsam gefunden.

Dann aber habe ich doch einmal etwas gewagt. Ich habe einen Musiker in der S-Bahn gelobt, einen Violinisten. Er hat über das ganze Gesicht gestrahlt. Das hat mich im Gegenzug ebenfalls glücklich gemacht. Mein Herz taute auf, ich merkte, dass ich lebe, und es wurde warm in mir drin.

Wir dürfen nicht darauf warten, dass die Gesellschaft sich von allein ändert. Tolstoi schrieb:

„Eine politische Änderung der sozialen Ordnung kann es nicht geben. Es gibt nur eine Änderung: die sittliche, innere des Menschen. Doch auf welchem Wege wird diese Änderung vor sich gehen? Für alle kann das kei-

ner wissen, für uns selbst wissen wir es alle. Aber in unserer Welt ist jeder darum besorgt, diese Änderung für alle anderen zu erwirken, nur nicht für sich selbst."

Wohin soll man sich ausrichten? Was ist der richtige Weg zur inneren Änderung? Als Tolstoi aus der Kirche ausgeschlossen wurde, beschrieb er in einem offenen Brief seinen festen Glauben an Gott. Außerdem sagte er: „Ich glaube daher, dass der Sinn des Lebens für jeden einzelnen Menschen nur darin bestehen kann, die Liebe in sich zu mehren; dass diese Vermehrung der Liebe dem einzelnen Menschen in diesem Leben zu immer größerem Glück verhilft."

Davon berichtete eine Leserin in einem Brief zu meinem Buch *Vom Glück zu leben*.

„Du schreibst in dem Kapitel ‚Heimlich verbündet' unter anderem davon, einen Fremden anzulächeln. Eigentlich mache ich das öfters, aber mir fiel beim Lesen ein altes Ehepaar ein: Sie haben ihr Wohnzimmer direkt gegenüber von meinem Schlafzimmer und sitzen fast den ganzen Tag auf dem Sofa und schauen rüber (ich wohne in der Stadtmitte, alles sehr anonym und die Häuser sind eng aneinandergebaut). Das hat mich immer geärgert. Abends, wenn ich heimkam, hab

ich schnell die Jalousien runtergelassen – mit dem Ärger im Bauch.

Nachdem ich dein Kapitel gelesen habe, dachte ich: Vielleicht sollte ich sie einfach anlächeln. Das tue ich jetzt seit einiger Zeit und – du wirst es nicht glauben – es hat den ganzen Ärger in mir weggenommen. Inzwischen ist es schon so, dass ich mich auf den Moment freue, wenn ich abends die Jalousien runterlasse. Wir lächeln uns zu, winken sogar, und wenn sie nicht dasitzen, bin ich fast enttäuscht.

Eigentlich eine kleine Sache, aber es hat mir einen schönen Moment mehr für jeden Tag gegeben (und ich glaube, meinen Nachbarn auch).“

Barfuß im Schnee

Vor meinem Studium habe ich in einem Berliner Krankenhaus als Hilfskraft in der Küche gejobbt. In dieser Zeit saß ich einmal abends mit Freunden und meinem Bruder Julian bei McDonald's. Wir hatten schlechte Laune. Es lief blöde Musik, und die bevorstehenden Arbeitstage erschienen uns öde.

Da sagte einer: „Man müsste einfach ans Meer fahren."

„Das ist so weit weg."

„Die Ostsee nicht. Das sind nur zweieinhalb Stunden."

Ich sagte: „Ich muss morgen um sechs bei der Arbeit sein."

„Egal", erwiderte Julian. „Wenn wir jetzt losfahren, können wir baden gehen und sind bis morgen früh wieder hier."

Es war Januar und saukalt. „Baden gehen?" Ich prustete.

„Hemmung", sagte einer. Das war damals eine Art Zauberwort. Wir grinsten uns an. Kurz darauf saßen wir zu fünft im Nissan Micra und fuhren über die nächtliche Autobahn. Es war Mitternacht, als wir die Ostsee erreichten. Der Horizont war schwarz. Das Wasser war schwarz. Irgendwo in der Ferne sah man die Lichter von Frachtschiffen. Aber es war das Meer. Wir schwammen raus.

Als ich wieder an Land ging, spürte ich vor lauter Kälte meine Füße nicht mehr. Es war schwer, zu gehen. Wir lachten. Auf der Heimfahrt wärmten sich unsere Körper langsam auf. Ich merkte, dass ich Sand in den Socken hatte.

Zurück in Berlin setzten mich die Freunde an

der Krankenhauseinfahrt ab. Ich ging in die Großküche. „Titus“, sagte man mir, „der Kühlraum muss sauber gemacht werden.“ Das hieß, Regale zu putzen, während einem vor Kälte die Atemluft aus dem Mund wölkte. Ausgerechnet heute!

Später, am Fließband, auf dem wir die Mahlzeiten für die Patienten herrichteten, sagte ich: „Vor ein paar Stunden bin ich noch in der Ostsee geschwommen.“ Keiner wollte es mir glauben. Ich spielte mit den Zehen, um den Sand zu spüren.

Wenn ich verrückte Dinge tue, fühle ich, dass ich am Leben bin.

Ich wusste wieder, dass ich ein freier Mensch bin.

Heute musste ich an das Ostsee-Erlebnis denken. Ich war zum ersten Mal barfuß im Pyjama draußen im Schnee. Es ist herrlich, wenn der Schnee unter den Füßen knirscht. Zuerst dachte ich, dass er gar nicht kalt ist, aber wunderbar weich. Dann fingen die Füße an zu schmerzen, und ich bin schnell wieder reingegangen.

Im Bad kam es mir so vor, als besäße ich eine Fußbodenheizung, so warm waren die Fliesen. Ich habe die Zähne geputzt und dabei Lust bekommen, noch einmal raus in den Schnee zu gehen. Draußen waren meine Fußspuren schon zugeschneit.

Ich habe Schneeflocken auf dem Pyjama schmelzen lassen und ein paar barfüßige Schritte gemacht. Dann habe ich heiß geduscht. Was für ein schöner Tagesbeginn!

Wenn ich verrückte Dinge tue, fühle ich, dass ich am Leben bin.

Picknick im Reichstag

Eine Zeit lang liebte es Julian, die Grenze zwischen anerzogenem Benehmen und gesunder Hemmung auszuloten. Irgendwo geht das eine in das andere über, und er wollte herausfinden, wo.

Als er seinen achtzehnten Geburtstag feierte, überredete er uns, im Pyjama zu McDonald's zu gehen. Wir liefen also im Nachtzeug durch die Berliner Straßen, ein Dutzend Leute. Die Passanten sahen uns erstaunt hinterher.

Vor McDonald's verschärfte er die Anforderungen. Wir sollten uns alle in einer einzigen Schlange anstellen, egal, wie viele Kassen geöffnet waren, und dann jeder nur eine Sache bestellen. Außerdem sollten wir so tun, als würden wir schlafwandeln.

Glauben Sie mir, ich war nicht begeistert davon. Aber man will ja nicht als feige gelten, wenn man neunzehn ist und Mädchen dabei sind, die sich so etwas trauen.

Also trotteten wir hinein und stellten uns an. Ein Kassierer sagte: „Bitte stellen Sie sich auch bei mir an!" Wir taten so, als hätten wir es nicht gehört, sahen nicht nach links und nicht nach rechts. An der Kasse bestellte jeder einen Burger, einzeln: „zum hier Essen".

Die McDonald's-Mitarbeiter begannen zu grinsen.

Wir setzten uns und kauten wie schlafwandelnd unsere Burger, die Augen halb geschlossen. Neben mir saßen amerikanische Touristen. Sie starrten uns an. Eine Frau sagte zu ihrem Mann: „This is art! They are telling us something!" („Das ist Kunst! Sie wollen uns etwas sagen!")

So kam es, dass mein Bruder Kunst geschaffen hat. Wir trugen ihn zur Belohnung aus dem Restaurant und sangen dazu „Happy Birthday to you!"

Ob es an den Touristen lag, die uns damals so angestaunt haben, weiß ich nicht – bald darauf wollte er, dass wir Touristen spielen. Wir trafen uns am Bahnhof Zoo, mit Baumwollbeuteln und

Namensschildchen. Dort stiegen wir in eine Buslinie, die oft von Touristen benutzt wird, und besetzten einen Teil des oberen Decks. Zuerst staunten wir über jede Sehenswürdigkeit und zeigten sie uns gegenseitig. Dann stimmte Julian ein Lied an, und wir schmetterten fröhlich die Melodie.

Innerlich bin ich fast gestorben vor Angst. Was, wenn jemand einstieg, den ich kannte? Wir hatten vor, ein Picknick in der Glaskuppel des Reichstags zu veranstalten. Weil ich zu einer Geburtstagsfeier musste, konnte ich – zum Glück! – vorher die Gruppe verlassen.

Wir spinnen alle ein bisschen. Wenn wir es zugeben, leben wir freier.

Ich fuhr zur Wohnung, in der die Feier stattfinden sollte, begrüßte dort alle, nahm mir etwas zu essen vom Buffet. Da sagte jemand zu mir: „Warst du das gerade im 100er-Bus?“

Ich fragte scheinheilig: „Wie? Im Bus?“

„Na ja, ihr habt doch gesungen und so.“ Alle sahen mich an.

Sie lesen das Buch eines Spinners. Beruhigt Sie das? Wir spinnen alle ein bisschen. Wenn wir es voreinander zugeben können, leben wir freier.

Das Bild im Kopf

Die erste große Anschaffung meines Lebens war ein Yamaha-Keyboard. Damals lebte ich mit meinen Eltern in den USA. Dollar für Dollar habe ich darauf hingespart. Als nur noch 50 Dollar fehlten, sagte mein Vater: „Wir geben dir den Rest und kaufen das Keyboard. Du bekommst es dann zu Weihnachten geschenkt."

Bis Weihnachten waren es noch etliche Tage. Wir verstauten den riesigen Karton unter dem Bett. In dieser Zeit habe ich oft auf dem Boden gelegen und die technischen Angaben auf der Verpackung gelesen.

Dann, endlich, war Heiligabend und ich bekam mein Keyboard. Überglücklich spielte ich und spielte und spielte … Ich fand Funktionen und Finessen heraus, und konnte mich gar nicht satt. sehen an meinem Schatz.

Eine Woche später kam ein Mann zu Besuch. Er sah mein Yamaha-Keyboard und fragte: „Darf ich mal spielen?" Stolz erlaubte ich es. Er setzte sich vor die Tasten und begann zu spielen, jazzig, fetzig, dann wieder anrührend. Alles improvisiert, ohne Noten.

Ich begriff: So gut wie dieser Mann werde ich nie spielen. Sofort kam ich mir nutzlos vor. Wenn es jemanden gab, der so gut spielen konnte, wozu sollte es dann auch noch *mich* geben? Alle meine Träume, die das Keyboard betrafen, kamen mir absurd vor. Es brauchte lange, ehe ich mich aufraffte und wieder spielte.

Kennen Sie so etwas? Müssen Sie der Beste sein? Oft würde ich gern einem Bild entsprechen, das ich von mir im Kopf habe. Und es gibt tatsächlich Fehler an mir, die eine Korrektur brauchen: Egoismus zum Beispiel oder Lieblosigkeit gegenüber mir selbst und anderen.

In manchem Bereich aber schadet das Idealbild im Kopf. Da ist die junge Frau, die nie ins Schwimmbad geht, weil sie mit ihrem Körper nicht zufrieden ist und sich schämt. Da ist der Amateurmusiker, der kein Lob an sich heranlassen kann und die Begeisterung des Publikums gar nicht bemerkt vor lauter Selbstkritik. Da ist die Familienmutter, die Weihnachten nicht genießen kann, weil sie ständig die Realität mit dem Idealbild in ihrem Kopf abgleicht und jeden Mangel zehnfach stärker empfindet als das Gelungene.

Als ich einmal zu einer Lesung in München war, besaß mein Hotel den erstaunlichsten Fahrstuhl, den ich je gesehen habe. Zugelassene Personenzahl: 2. Das stand außen dran. Um ihn zu betreten, musste man erst einen eisernen Knopf drehen und die Fahrstuhltür aufziehen, dann zwei hölzerne Läden nach innen stoßen. Sobald man einen Schritt in die Kammer tat, spürte man, wie sie unter einem wegsackte, etwa vier Zentimeter – genug, um Entsetzen hervorzurufen und das Gefühl, im nächsten Moment in die Tiefe abzustürzen. Drinnen verriet ein Schild, dass er 1950 gebaut worden war.

Manchmal schadet das Idealbild in meinem Kopf.

Die Treppe war genauso bemerkenswert. Mein Zimmer befand sich im fünften Stock, und auf der hölzernen, breiten Treppe nach unten knarrte *jede* Stufe laut und eigensinnig, so wie es bei gewöhnlichen Treppen eine einzige Stufe tut, die man dann „Einbrecherwarnung" nennt. Am Morgen auf meinem Weg durch die Etagen war ich mir sicher, das ganze Hotel mit dem Treppenlärm geweckt zu haben.

Aber wissen Sie was? Diese Eigensinnigkeiten machten mir das Haus sympathisch. Genauso geht es mir mit vielen Menschen. Ich weiß schon, welche Ticks sie haben, wo sie empfindlich sind und wann sie vor Stolz bersten. Es ist schön, dass sie mir vertrauen und auch ihre Schwächen nicht vor mir verstecken.

Wenn ich ihnen genauso vertraue und mich ihnen mit meinen Schwächen und hier und da einem Knacks unbedarft zeige, merke ich, dass ich geliebt werde, wie ich bin. Das zählt zu den schönsten Erfahrungen auf dieser Welt.

Ein gesundes Selbstbewusstsein zu haben, bedeutet: mit sich zufrieden zu sein, auch wenn jemand etwas besser kann als ich. Etwas tun zu können, das den eigenen Neigungen entspricht – und dabei nicht der Beste sein zu müssen.

Und was ist mit Gott? Der muss sich doch sehr an unseren Unfähigkeiten stören. Oder etwa nicht? Dietrich Bonhoeffer brachte es so auf den Punkt: „Gott liebt den Menschen. Gott liebt die Welt. Nicht einen Idealmenschen, sondern den Menschen, wie er ist; nicht eine Idealwelt, sondern die wirkliche Welt."

Auch Sie sollten sich lieb haben. Nicht Ihr Idealbild, sondern sich selbst, so wie Sie sind.

Bauen, Forschen, Herrschen

Das erfolgreichste deutsche Computerspiel *Anno 1701* hat nicht Zerstörung, sondern Aufbau zum Ziel. Warum macht uns Bauen, Forschen, Herrschen so viel Spaß? Warum lieben es so viele Gamer, mit ein paar Arbeitern in der Wildnis ausgesetzt zu werden? Warum lieben sie es, Holz zu hacken, Lagerhäuser zu errichten, Gold zu schürfen, Eisenerz abzubauen, Getreide anzupflanzen, ihre Siedlung zum Wachsen zu bringen? Strategiespiele wie *Age of Empires*, *Civilization* oder *Empire Earth* sind nicht zuletzt deshalb so beliebt, weil man sie nur gewinnen kann, wenn es gelingt, wirtschaftlich starke Siedlungen aufzubauen.

Zahlreiche Simulationen erzeugen Glücksgefühle bei den Spielern: Bei *SimCity* baut man eine Stadt, bei *Railroad Tycoon* ein Netzwerk von Eisenbahnschienen und Stationen; andere Spiele fordern dazu heraus, einen Freizeitpark, einen Bauernhof, eine Ameisenkolonie oder eine Raumstation aufzubauen. Warum mögen wir das?

Wir sind vom Wesen her so geschaffen, dass wir träumen und planen und beobachten. Wir wollen erobern, wir haben Freude daran, mit riskanten

Schritten die Umgebung zu erkunden. Warum sonst würde sich ein Mensch in eine Metallröhre zwängen und sich in den Weltraum schießen lassen? Warum sonst hätten wir Holzkästen mit Proviant aufgefüllt und wären auf die Weltmeere hinausgefahren, um neue Kontinente zu entdecken? Wir sind auf das Wachsen hin angelegt, auf das Ausweiten unserer Fähigkeiten und Ressourcen. Mit Freude setzen wir unsere Energie und Kreativität dafür ein, das Universum zu erforschen, neue Territorien zu finden und sie zu unterwerfen.

So hat uns Gott gemacht. Zuerst sollten wir die Tiere und Pflanzen kennenlernen und ihnen Namen geben. Dann sollten wir fruchtbar sein und herrschen und uns die Erde untertan machen. (So steht es am Anfang der Bibel.) Wenn wir erkunden und erobern und bepflanzen, fühlen wir uns vollständig und glücklich.

Die Erde ist nur der Kindergarten – freuen wir uns auf die Universität!

In diesem Punkt, glaube ich, geben Computerspiele einen Vorgeschmack auf den Himmel. Außerhalb der virtuellen Computerspielwelt hat hier auf der Erde nicht jeder die Möglichkeit, ein ganzes Tal zu kaufen und zu bebauen. Die meisten von uns können sich auch keine Südseeinsel kaufen und haben kein Geld für eine Urwaldexpedition. Eines Tages aber werden wir erforschen, erschaffen und anbauen, jeder von uns. Davon bin ich überzeugt. Diese Erde ist nur der Kindergarten. Freuen wir uns auf die galaktische Universität, in die wir befördert werden!

Auf den zweiten Blick

Während meiner Kindheit in der DDR fuhr man auf der Landstraße 80 und auf der Autobahn 100. Es gab eine monotone Melodie durch die mit Teer verfugten Rillen der Betonplatten auf der Autobahn: badim, badim, badim, badim.

In unserer Straße schauten wir bei „Westautos" durch die Scheibe und staunten, wenn 160 oder 180 auf dem Tacho stand, oder sogar 200. Die Sommerferien waren acht wunderbare Wochen lang. Wir hatten Zeit zu spielen und zu träumen.

Heute muss ich mir diese Zeit bewusst nehmen. Wenn ich in meinem üblichen Alltagstempo an einer Landschaft vorbeieile, denke ich: Ah, Hügel.

Erst mit einem zweitem Blick bemerke ich, wie weich die Wälder über die Hügel gelegt sind. Als könnte man sie streicheln! Moos aus Bäumen.

Auf den ersten Blick sehe ich am Straßenrand Blumen. Mit dem zweiten Blick: Meine Güte, das sind ja Orchideen! Und niemand hat sie hingepflanzt, sie wachsen hier wild und frei. Ich höre plötzlich Vogelzwitschern. Ich sehe einen kleinen Frosch.

Meistens sieht mein Alltag ganz anders aus. Ein Beispiel. Wenn ich von einer Reise heimkomme, öffne ich den Kofferraum und wäge ab: 1 Koffer, 3 Taschen, 1 Paar Schuhe, 1 Kopfkissen, 1 Rucksack, 2 leere Flaschen. Das müsste mit einem Mal zu schaffen sein.

Ich setze den Rucksack auf, klemme mir die Taschen unter den rechten Arm, das Kissen unter den linken, stecke mir die leeren Flaschen in die Jackentaschen, hieve den Koffer heraus, nehme die Schuhe und schließe unter Verrenkungen das Auto ab. Ich schaffe es bis zum Briefkasten. O diese Neugier! Was ist wohl während meiner Abwesenheit an Post angekommen? Ich öffne unter weiteren Verrenkungen den Briefkasten, klemme mir die Post unter das Kinn und bringe es unter großen Mühen fertig, die ersten Treppenstufen hinaufzugehen.

Da rutscht der erste Brief. Ich drücke das Kinn fester auf die Brust, um ihn aufzuhalten. Die Hand schmerzt, die den Koffer halten muss, aber ich kann ihn nicht zur anderen Seite wechseln, weil ich dann das Kissen und die Schuhe verlieren würde.

Auf dem nächsten Treppenabsatz rutscht mir eine Flasche aus der Tasche. Sie landet scheppernd auf dem Boden, glücklicherweise zerspringt sie nicht. Ich bücke mich und versuche, die Flasche mit den Fingern aufzunehmen. Es werden ja nicht alle zehn gebraucht, um die Schuhe zu halten. Jeden Augenblick droht eine der Taschen unter meinem rechten Arm wegzurutschen.

Durchgeschwitzt und fluchend komme ich vor der Wohnungstür an. Warum? Weil ich effizient sein will. Weil ich einen Weg einsparen will.

Ich versuche im Alltag, möglichst viele Dinge in den Tag zu quetschen. Dabei weiß ich ganz genau: Eigentlich schaffe ich mehr, wenn ich zwischendurch einmal spazieren gehe und eine Pause mache. Danach bin ich erfrischt und arbeite doppelt so gut.

Nicht der Kampf gegen den Stress ist die Lösung, sondern das Hereinwinken von guten Dingen ins Leben. Es gibt den mächtigen Wind und seine wilde Musik. Gute Bücher. Einen Abend mit Freunden.

Wenn man sich Gutes ins Leben holt, schaut man auf das Gute, um das man sich bemüht, und nicht mehr auf das Schlechte. Allerdings braucht man für diese Sicht auf das Gute die Möglichkeit, zweimal hinzusehen, weil es oft unscheinbarer ist als die Dinge, die Kritik verdienen. Man muss langsam genug unterwegs sein, um Zeit für einen zweiten Blick zu haben.

Leisten Sie sich einen ruhigen Alltag! Wenn Sie in der Stadt wohnen, achten Sie heute einmal auf die kleinen Pflanzen. Selbst dort, wo wir Menschen alles mit Steinen zugepflastert haben, wächst in den Fugen binnen kürzester Zeit Moos. Am Wegrand wachsen Gräser, manchmal sieht man sogar kleine Blüten. In den Dachrinnen sprießt Löwenzahn.

Haben Sie schon einmal bewusst bemerkt, dass Sie Bäume zu Nachbarn haben? Neben Ihrem Haus stehen sicherlich Bäume, seit vielen Jahren, und rauschen bedächtig mit den Blättern. Sie spenden Ihnen tagsüber Sauerstoff. Sie geben Schatten, wenn es heiß ist. Vögeln bieten sie Schutz.

Vielleicht haben Sie auch Glück wie ich. Nach Jahrzehnten in großen Städten lebe ich seit vier Jahren auf dem Land. Heute ist der erste Tag zu Hause nach einer zweiwöchigen Lesereise. Ich ruhe aus. Habe gerade einen mehrstündigen Spaziergang gemacht, vorbei an Gänsen, Ziegen, Pferden, Kühen, hinaus in die Landschaft. Meine Wegzehrung waren Walnüsse, ich habe eine nach der anderen unterwegs geknackt und verspeist. Dann fand ich einen wilden Apfelbaum, und habe einen rotbackigen, kleinen Apfel gepflückt. Er war saftig-süß. So schmeckt nichts, was es zu kaufen gibt.

Zwei Raubvögel verfolgten einander mit schrillen Rufen. Manchmal war es aber auch einfach nur still. Das habe ich sehr genossen. Stille ist das ideale Erholungsprogramm nach Buchmesse und Lesungen.

Pflanzen vegetieren nicht nur, sie blühen!

Die Luft verkündet schon den Herbst. Sie ist würzig und kühl, so schöpft man nur im Herbst Atem, die Winterluft zieht man flach ein, auch die warme Sommerluft, aber im Herbst nimmt man die Luft tief in die Lungen auf. Wildgänse flogen über mich hinweg. Sie riefen sich beim Fliegen etwas Aufmunterndes zu.

Man kann das Leben lieben, wenn man sich Zeit dafür nimmt. Goethe hat auf seinen Spaziergängen immer eine Tüte Veilchensamen mitgenommen und sie unterwegs verstreut. Monate später konnte er dann sehen, wo er schon spazieren war, und hat sich daran gefreut.

Auch an vermeintlichem „Depri-Wetter“ kann man Gutes finden. Regen sagt uns: Geh rein, ruh dich aus! Regen riecht frisch und erdig. Regen macht die Luft sichtbar, wenn der Wind sie in Böen vor sich hertreibt. Alles, was nass wird, fängt das Licht ein und beginnt zu glänzen.

Manchmal überrascht uns der Regen, und wir werden nass. Uns wird kalt. Dann können wir nach Hause eilen, uns die nasse Kleidung ausziehen, uns abtrocknen und wieder aufwärmen. Auch das ist ein gutes Erlebnis!

Holen wir uns das Gute ins Leben. Nehmen wir uns Zeit für den zweiten Blick auf die Dinge, und lernen wir, sie zu lieben. Wie wäre es mit einem warmen Fußbad? Wie wäre es mit einem Anruf bei einem alten Freund?

Wenn Gott alles gemacht hat, warum sollte er unterscheiden zwischen Menschen, Pflanzen und Tieren? Wir meinen oft, wir sollten uns abrackern und einfach „funktionieren“. Und die Pflanzen? Sie vegetieren nicht nur, sie blühen! Eine Katze legt sich in die Sonne und schnurrt. Löwenjunge balgen sich. Überall haben wir Farben und Licht – und wir Menschen fahren ins Bergwerk hinunter und schuften. Ich glaube, so war es nicht gedacht.

Theaterprobe

Wir hinterziehen Steuern und bekriegen uns um Erdöl. Wir töten Andersdenkende. Wir werfen Müll in den Wald, lügen unsere Freunde an und lassen afrikanische Kinder verhungern, während wir uns die Bäuche vollschlagen. Und dieses Menschengeschlecht soll von Gott geliebt sein!?

Wenn wir der Bibel glauben, liebt er uns so sehr, dass er regelrecht Sehnsucht nach uns hat. Er freut sich an unseren guten Seiten: Wie wir einander Geschenke machen, Hilfsprojekte für Schwächere auf die Beine stellen, einem Freund beistehen. Wie wir aus vollem Herzen Musik machen. Wie wir malen, schreiben, Skulpturen meißeln. Wie wir einen Vogel bestaunen und den glitzernden Tau in einem Spinnennetz fotografieren, weil wir uns daran nicht sattsehen können. Er freut sich, wenn wir Zeit mit unserer Familie verbringen.

Gott lehnt den Hass ab, die Gier und den Egoismus. Sicher schmerzt ihn vieles, was er auf dieser Erde sieht. Trotzdem hat er Sehnsucht. Als er seinen Sohn auf die Erde schickte, versprach dieser, dass es nicht bei rund 30 Jahren bleiben würde. Gott verspürt solche Liebe zu uns, dass er ganz bei uns sein möchte.

Die Theaterprobe auf der Erde hat irgendwann ein Ende. Dann lädt uns der Regisseur zu sich nach Hause ein, und auf das Bühnendrama folgt ein wunderbares Fest. Das Unfassliche ist, dass dieses Fest nie enden wird – so hat es Jesus Christus versprochen. Gott schafft eine neue Welt, und auf ihr gibt es in Ewigkeit keine Umweltverschmutzung, keine Kriege und keine Einsamkeit.

Ob ich Gott so etwas zutraue, hängt damit zusammen, was ich bereits mit ihm erlebt habe. Ich kann dieses Versprechen für Unfug halten und kann die „Welt ohne Tränen" als ein Märchen betrachten. So wie ich auch die Freiheit habe, nicht daran zu glauben, dass es Gott überhaupt gibt.

Wenn allerdings stimmt, was Jesus Christus angekündigt hat – dass er wiederkommt und uns zu sich holt in eine neue Welt – dann ist das kein Pappenstiel. Es rückt mein Leben in einen gänzlich neuen Zusammenhang und gibt mir eine außergewöhnliche Perspektive. Ich bin ein Unsterblicher!

Das heißt, dass ich mich nicht an vermeintlichen Sicherheiten festklammern muss; Menschen können für mich eine höhere Bedeutung haben als vergängliche Dinge wie Geld, Ansehen und kurzzeitigen Vergnügungen.

Den christlichen Kirchen wird oft vorgeworfen, sie würden die Menschen auf das Jenseits vertrösten. Das ist als Vorwurf in etwa so sinnvoll, als würde man einem angehenden Ehemann sagen, er solle lieber mit seinen Kumpels in Nachtclubs „die Sau rauslassen", als Briefe an seine Verlobte zu schreiben.

Auf das Bühnendrama folgt ein wunderbares Fest.

Der Glaube an die Ewigkeit mit Gott mag mitunter zum Träumen einladen. In der Hauptsache aber verändert er mein Handeln im Hier und Jetzt. Ich muss nicht einem kurzfristigen Lustgewinn nachjagen, als ob es kein Morgen gäbe. Ich muss nicht das Maximale an Berufserfolg aus meinem Leben herauspressen und dabei Raubbau an mir und meiner Familie treiben. Ich kann die anderen sehen. Ich darf den Blick für Schönheit, Güte und Liebe schärfen, denn das sind Dinge, die es auch in der neuen Welt geben wird.

Gott hat Sehnsucht nach uns. Er bereitet das

ewige Fest vor. Die Bankkonten werden eines Tages geschlossen. Der „Walk of Fame“ wird geschlossen. Aber ich werde in Ewigkeit von meinem Schöpfer geliebt. Und ich weiß endlich, welche Dinge Bestand haben: Freundschaft, uneigennützige Hilfe, Kreativität, Schönheit, Wachsen und Überschäumen vor Freude, Lachen, Musik, Forschen und Staunen.

Ein funkelnagelneues Fahrrad

Ich bin heute einem Mann begegnet, der zwanzig Jahre lang auf einer kleinen Insel gelebt hat, fernab der Zivilisation. Zum Fischen ist er aufs Meer hinausgefahren und hat einen Teil des Fangs den Einheimischen gegeben – im Austausch gegen Gemüse und Obst.

Er besaß dort weder einen Fernseher noch einen Computer. Von der deutschen Wiedervereinigung erzählte ihm ein Inselbewohner, der davon im Radio gehört hatte. Als persönliches Eigentum besaß der Mann nur Kleidung und ein Stück Seife.

Er war glücklich.

Dann kamen seine deutschen Verwandten zu Besuch. Es war ein Kulturschock – auch für ihn. Sie brauchten Gesichtscreme, Handcreme, Bodylotion, Duschgel, verschiedene Shampoos, Haarspülung, Sonnencremes, Rasierwasser, Deodorants. Wo zuvor die Seife gelegen hatte, war im Nu alles vollgestellt.

Als er mir das erzählte, wurde mir bewusst: Unsere Art zu leben ist nicht selbstverständlich, auch wenn sie mir ganz normal erscheint. Es gibt andere Arten, seine Lebenszeit zu verbringen. Manche wählen sie freiwillig aus, wie der Mann den Inselaufenthalt wählte. Die meisten allerdings können nicht entscheiden, wie sie leben wollen.

Gäbe es auf dieser Erde nur 100 Menschen, dann besäßen zwei davon mehr als die Hälfte des weltweiten Vermögens. 17 Menschen hätten kein sauberes Trinkwasser, weil Slums nicht an die Netze der Wasserversorgungsunternehmen angeschlossen sind. 39 Menschen hätten keine ordentliche Toilette.

Es leben rund 6.773.000.000 Menschen auf unserem Planeten. Was für uns selbstverständlich ist, ein Bankkonto, ein Computer, ein Kugelschreiber, neue Kleidung einzukaufen – das ist für viele von ihnen ein unerfüllbarer Traum.

Ich schreibe das nicht, um Ihnen ein schlechtes Gewissen zu machen. Hat ein Kind, das ein Fahrrad zu Weihnachten bekommt, ein schlechtes Gewissen, weil nicht jedes Nachbarkind schon ein Fahrrad hat? Nein. Aber es freut sich! Es fährt die nächsten Tage beglückt damit herum, leiht es stolz den anderen aus („Nur *einmal* um den Block! Und wehe, es hat einen Kratzer danach!"), möchte das Fahrrad am liebsten neben das Bett legen und vor dem Einschlafen noch einmal über den Sattel streicheln. Es ist überglücklich damit.

Wissen wir noch den Wert unseres Reichtums zu schätzen? Wir hätten so viel Grund, glücklich zu sein! Ich zum Beispiel besitze einen Computer. Als ich Kind war, durfte ich ab und an für eine halbe Stunde an den Computer meines Vaters. Das war für mich das Größte! Ich habe mit einem Zeichenprogramm gemalt oder ein kleines Computerspiel gespielt – und war glücklich. Später bekam ich eine eigene Diskette (gibt's heute nicht mehr – für die Jüngeren unter uns: das war ein Speichermedium, das gerade mal 1,44 Megabyte an Daten speichern konnte) und konnte meine Zeichnungen damit festhalten.

Wenn ich daran zurückdenke, schätze ich meinen Computer plötzlich sehr. Ich muss niemanden fragen. Ich habe Dutzende Gigabyte, um abzuspeichern, was immer ich festhalten will. Und während ich hier vor mich hinschreibe, entsteht ein Buch.

Hätte man mir vor zwanzig Jahren gesagt, dass ich mal ein eigenes Auto fahren würde, und zwar eines, das 185 Stundenkilometer schafft und silbergrau ist und elektrische Fensterheber besitzt, ich wäre vor Aufregung völlig aus dem Häuschen gewesen. Ich hätte mir ein Blatt Papier genommen und für jedes Jahr, das ich noch warten muss, ein Kästchen gemalt, und dann hätte ich diese Kästchen voller Ungeduld und Vorfreude abgestrichen, jedes Jahr eines.

Unsere Art zu leben ist nicht selbstverständlich.

Heute habe ich das Auto. Ist mir mein Reichtum bewusst? Fühle ich mich beschenkt?

Schätze ich meine Bücher? Meine schöne Kleidung? Schätze ich die Delikatessen, die ich mir zum Essen kaufen kann? Schätze ich mein weiches Bett?

Liebe Leserin, lieber Leser: Wir haben, im übertragenen Sinn, zu Weihnachten ein Fahrrad bekommen! Es funkelt und glänzt und wartet auf uns. Lust auf eine kleine Tour?

Verspielt durch den Alltag

Der frühere Formel-1-Weltmeister Niki Lauda hat nach seinem Rücktritt vom Rennsport gesagt: „Es gibt Wichtigeres zu tun, als mit einem schnellen Auto im Kreis herumzufahren." Wir sind im Alltag so ernsthaft bei der Sache! Wir wollen alles schaffen, alles richtig machen. Die Kurve noch. Und die Kurve. Und dann die Kurve. Ich habe von einer Grabinschrift gehört: *Got everything done. Still died.* Auf Deutsch: *Alles erledigt. Trotzdem gestorben.*

Ein gutes Mittel gegen den verkrampften Lebensernst ist das Spielen im Alltag. Auf einer Strecke, die ich mehrmals in der Woche fahre, passiere ich einen längeren Tunnel. Im Tunnel hat mein Autoradio keinen Empfang. Also habe ich ein Spiel erfunden: Sobald das Radio wegen des Tunnels aussetzt, singe ich das Lied weiter und erwarte gespannt, ob ich am Ende des Tunnels mit der Sängerin oder dem Sänger noch synchron bin.

Bei meinem Freund Basti gab es am Frühstückstisch ein Spiel. Wer aus dem Brotkorb ein Doppelbrötchen nahm, fragte in die Runde, wer mit ihm „Vielliebchen" spielen wollte. Schwester, Vater oder

Mutter mussten am Brötchen ziehen und bekamen die zweite Hälfte. Wer von den beiden, die sich das Brötchen geteilt hatten, am nächsten Morgen als erster „Guten Morgen, Vielliebchen!“ zum anderen sagte, bekam ein kleines Geschenk von ihm.

Wenn mein Bruder Julian bei mir zu Besuch ist, stellt er jedes Mal heimlich ein Buch verkehrt herum ins Regal. Ich kann das nicht ertragen, das weiß er genau. Sobald ich es bemerke, stelle ich es wieder richtig herum hin und muss grinsen.

Kleine Spiele nehmen dem Alltag die Einschüchterungskraft.

Meinen alten Nachbarn, der lange in Afrika gelebt hat, habe ich im Treppenhaus immer in Suaheli begrüßt. Mirko, ein Freund in Berlin, fällt auf ein Knie nieder, wenn wir uns begegnen – ob Leute uns sehen oder nicht – und spricht einen mittelalterlichen Gruß.

Kleine Spiele nehmen dem Alltag die Einschüchterungskraft. Allein schon aus drei Metern Entfernung auf den Papierkorb zu zielen, kann für ein Lachen sorgen. Oder ein paar Tanzschritte durchs Zimmer. Was sind die Dinge, die wir mit bitterem Gesicht im Leben erkämpfen, wirklich wert?

Ich bin erst dreißig, aber ich habe schon zweimal

eine Geldreform erlebt. 1990 wurde das DDR-Geld plötzlich zu kleinen Blechmünzchen und bunten Zetteln. 2002 kam der Euro, und Markmünzen und Markscheine erschienen mir wie die Monopoly-Währung. So etwas öffnet einem die Augen.

Und was gelten unsere Erfolge vor Gott? Wir sind wie Kinder, die ihrem Vater ein selbst gemaltes Bild zeigen. Es ist nur Gekrakel, aber wir sind stolz darauf. So kommen wir mit unseren Erfolgen zum Schöpfer des Universums. Leuchtet da nicht ein, dass unser Wert in seinen Augen sich keinesfalls nach dem Gekrakel richtet? Kein Vater liebt sein Kind, weil es ein Strichmännchen malen kann – er liebt es, weil es sein Kind ist.

Übrigens: Ich mag es, Strichmännchen zu malen. Hier, auf dieser Seite ist auch noch Platz. Das macht man nicht, in ein Buch malen? Nur eines. Ein kleines Männchen, ja?

Die Wunde

Man kann sich allerhand Gruseliges über seinen Körper ins Bewusstsein rufen. Zum Beispiel, dass die Atome, aus denen ich zusammengesetzt bin, höchstwahrscheinlich schon einem anderen Menschen, einer Katze und einem Dinosaurier gedient haben. C.S. Lewis schreibt: „Wir alle leben in Gebrauchtkleidern." Darüber hinaus ist unser Körper ständig in Bewegung. Die Gestalt bleibt erhalten, aber die Haut erneuert sich, die Organe stoßen Zellen ab und bilden neue aus, Haare wachsen und fallen aus, die Schleimhaut erneuert sich. Wir sind „gleich dem Bogen eines Wasserfalls". Warum sollte es Gott schwerfallen, uns eines Tages völlig neu zu erschaffen?

Aber vorerst hat er uns eine klaffende Wunde verpasst: die Abhängigkeit von der Zeit. Gott kennt keine Vergangenheit und keine Zukunft – er lebt in immerwährender Gegenwart. Er ist quasi zugleich bei der Schöpfung und beim Ende der Weltgeschichte, wie wir sie kennen. Deshalb kann er auch so gut unsere Gebete erhören: Schon bevor wir sie ausgesprochen haben, konnte er die entsprechenden Weichen stellen für ein Wunder.

Wir hingegen tragen die Wunde der Zeit. Wir waren einmal für immerwährende Gegenwart geschaffen; und eines Tages werden wir sie kosten, davon bin ich überzeugt … nicht nur kosten, sondern auf alle Ewigkeit trinken. Jetzt aber erschrecken wir immer wieder, weil wir dem Ablauf von Zeit unterworfen sind und die Gegenwart nur als Sekunde erleben, in der sich die Zukunft zur Vergangenheit verwandelt. Wie oft sagen wir uns gegenseitig: „Du meine Güte, schon wieder eine Woche herum!" Oder: „Kannst du glauben, dass das Jahr vorüber ist? So schnell ging es noch nie!" Oder wir sehen ein Kind und können nicht fassen, wie sehr es gewachsen ist.

Warum sollte es Gott schwerfallen, uns völlig neu zu erschaffen?

Ich kann mich gut daran erinnern, wie ich als 13-Jähriger Papier in meine Schreibmaschine einspannte und Artikel einer Computerzeitschrift abtippte. Indem ich die Sätze statt mit Computerwissen mit meinem erlesenen Wissen über Indianerstämme füllte, schrieb ich eine Kopie der Zeitschrift – nur dass es eine Zeitschrift über Indianer wurde. Ich träumte davon, einmal beruflich zu schreiben. Heute bin ich mitten dabei, während andere 13-Jährige erste Geschichten tippen und davon träumen, einmal Autor zu werden.

Ehrlich gesagt, die Zeitspanne zwischen damals, als ich 13 war, und heute erscheint mir seltsam kurz. An das Ablaufen der Zeit werde ich mich nie gewöhnen. Es ist mir fremd. Ich wurde nicht dafür geschaffen.

Benjamin Franklin starb am 17. April 1790 im Alter von 84 Jahren in Pennsylvania. Auf seinem Grabstein sollte stehen:

„Hier ruht der Körper des Buchdruckers Benjamin Franklin, den Würmern zur Nahrung wie der Deckel eines alten Buches, dessen Inhalt herausgerissen, ohne Titel und Vergoldung. Jedoch das Werk selbst ist nicht verloren gegangen, sondern wird, wie er glaubte, neu erscheinen in neuer und feinerer Ausgabe, durchgesehen und verbessert vom Verfasser.“

Diesen Text schrieb Franklin bereits im Alter von 23 Jahren für seine Grabinschrift. Damit bekannte er sich zu seiner Hoffnung, einmal von den Toten aufzuerstehen, und von Gott, seinem „Verfasser“, in einer neuen Ausgabe herausgebracht, also neu geschaffen zu werden. Die Grabsteininschrift kam allerdings nach seinem Tode so nicht zur Ausführung.

Amadeus Mozart schrieb drei Jahre zuvor, im April 1787, in einem Brief an seinen todkranken Vater:

„Ich lege mich nie zu Bette, ohne zu bedenken, dass ich vielleicht – so jung als ich bin – den andern Tag nicht mehr sein werde – und es wird doch kein Mensch von allen, die mich kennen, sagen können, dass ich im Umgang mürrisch oder traurig wäre. Und für diese Glückseligkeit danke ich alle Tage meinem Schöpfer und wünsche sie von ganzem Herzen jedem meiner Mitmenschen."

Wir machen Scherze, sagen, dass wir sowieso nicht alt werden wollen. Und plötzlich ist ein naher Angehöriger im Krankenhaus und wir bangen um sein Leben – und zittern gleichzeitig um unseres, weil wir unsere Verletzlichkeit begreifen.

Diese Wunde wird eines Tages verheilen.

Wir sind alle mal Tölpel

Jedem von uns passieren peinliche Dinge. Sie denken, so dumm, wie Sie sich anstellen, ist niemand sonst? Warten Sie ab!

Das Cinemaxx-Kino am Potsdamer Platz gehört zu den größten Kinos in Deutschland. Ich saß im Kinosaal und schaute mir mit Freunden einen Film an. Mitten im Film verspürte ich ein menschliches Bedürfnis. Ich versuchte, es zu verdrängen, aber es half nichts. Mein Bedürfnis, die Toilette aufzusuchen, war so dringend, dass ich aufstand und rausging. Nur habe ich leider die falsche Ausgangstür gewählt.

Die Tür führte in einen mir unbekannten Treppenflur. Es gab dort keine Toiletten. Also, dachte ich mir, gehe ich zurück in den Kinosaal und auf der anderen Seite wieder hinaus. Peinlich genug.

Allerdings besaß die Tür auf der Außenseite keine Klinke. Wahrscheinlich will das Kino so verhindern, dass sich jemand an den Kartenabreißern vorbei über den Notausgang hineinschleicht. Ich klopfte an die Stahltür des Vorführraums. Niemand hörte mich. Ich hämmerte dagegen. Nichts.

Ich wanderte durch das ganze Treppenhaus

(wohlgemerkt, ich musste eilig zur Toilette), fand aber überall verschlossene Türen ohne Klinken. Ich schwitzte. Der einzige Ausweg war eine gläserne Fluchttür unten im Haus. Um sie zu öffnen, musste man einen Feueralarmknopf drücken.

Nach einem Stoßgebet drückte ich den Knopf. Ein scharfer Pfeifton gellte durch das Haus, immer wieder, *wiiiiii wiiiiii wiiiiii wiiiiii*. Ich rannte ins Freie, um die Hausecke herum und von vorn wieder in das Kino hinein. An der Kasse sagte ich: „Entschuldigen Sie. Ich habe eben den Feueralarm ausgelöst."

In meiner Vorstellung strömten Tausende wütender Kinobesucher die Treppen hinunter, um mich zu lynchen. Die Kinoangestellten brachten aber den Alarm sofort zum Verstummen. Fünf Minuten später – nach dem Toilettengang – konnte ich schweißnass wieder auf meinem Kinositz Platz nehmen.

Sie halten sich immer noch für tölpelhafter? Warten Sie! Ich habe weitere Beispiele zu bieten.

Im Sommer war ich mit den Söhnen einer Freundin im Freibad. Fröhlich sprangen sie vom Fünfmeterturm. Es sah nach einem Vergnügen aus. Also bin ich ebenfalls hochgeklettert, ganz locker und felsenfest davon überzeugt, dass ich springen würde. Ich lief auf dem Brett nach vorn und dachte noch: So hoch ist das gar nicht. Dann, kurz vor dem Absprung, setzte mein Herz aus. *Da runter!?*, schrie eine Stimme in mir. Ich musste umdrehen.

Die Kinder haben den ganzen Tag von nichts anderem mehr gesprochen. Und als sie von ihren Eltern abgeholt wurden, haben sie gleich verkündet: Titus ist nicht vom Fünfmeterturm gesprungen!

Oder, noch schlimmer:

Der InterCity von Leipzig nach Hannover sollte 30 Minuten Verspätung haben. Also habe ich mich in die Lounge gesetzt und habe per WLAN E-Mails abgerufen. Dabei habe ich die Zeit vergessen. Nach 24 Minuten sah ich auf die Uhr, sprang hoch und hetzte zum Gleis (die 30 Minuten Verspätung sind ja keine exakte Angabe). Dort stand ein InterCity, und auf der Anzeigetafel war Hannover zu lesen. Später hat man mir erklärt, dort habe *Ankunft aus Hannover* gestanden, nicht *Abfahrt nach Hannover*, und meinen Zug habe man auf ein anderes Gleis verlegt, das sei doch durchgesagt worden. In der Lounge gibt es aber keine Durchsagen. Ich bin eingestiegen, der Zug fuhr ab

Am besten ist es, über Missgeschicke zu lachen.

und blieb dann nach einigen Minuten mitten auf der Strecke stehen.

Normalerweise meldet sich der Zugchef, wenn ein Zug außerplanmäßig hält, und sagt etwas wie: „Wir haben einen außerplanmäßigen Halt, weil der Gleisabschnitt vor uns belegt ist. Es geht gleich weiter." Hier sagte niemand etwas. Ich wurde unsicher. Ich ging durch den Zug und stellte fest, dass nirgendwo Reisende saßen. Der Zug war leer.

Mit dem Handy rief ich die Hotline der Deutschen Bahn an und erklärte das Problem. Man sagte mir, ich solle auf keinen Fall aussteigen. Die Hotline rief den Bahnhof Leipzig an, der Bahnhof Leipzig rief den Lokführer an. Schließlich kam der Lokführer von vorn aus der Lok zu mir und begleitete mich zu Fuß über die Gleise zurück zum Bahnhof. Er war sehr fürsorglich: Ich musste seine orangefarbene Schutzweste tragen, damit heranrauschende Züge mich gut sahen, während er nur noch seine schwarze Lederjacke anhatte und also schlechter sichtbar war. Immer, wenn wir ein aktives Gleis überquerten, warnte er mich. Er sagte: „Wenn Ihnen etwas zustößt, bin ich geliefert!"

Als wir von den Gleisen auf den Bahnsteig kletterten, gafften die Reisenden mich an. Der Lokführer ging gleich zu einem Kollegen, der aus dem

Fenster einer wartenden Lok schaute, und erzählte ihm die Geschichte.

Wahrscheinlich kann ich froh sein, dass ich nicht mit einer Ansage über die Lautsprecher begrüßt wurde.

Jeder von uns denkt irgendwann mal, er sei ein Versager. Wir denken, wir seien die größten Tölpel auf der Welt. Aber das ist Unsinn. Weder sind Sie zum Versagen geboren noch vom Pech verfolgt oder krankhaft ungeschickt. Die Wahrheit ist: Wir sind alle mal Tölpel.

Am besten ist es, darüber zu lachen.

Keine Angelhaken schlucken

Ich hatte dieses Wochenende Freunde zu Besuch. Als ich sie gegen zehn zum Auto brachte und verabschiedete, bemerkte ich den Mond am Himmel. Er sah seltsam aus. Die untere Hälfte war nur ein grauer Schatten, die obere Hälfte strahlte hell. Zurück in der Wohnung habe ich im Internet nachgesehen. Ah, eine Mondfinsternis! Sie war angekündigt. Sofort war ich beruhigt.

So bin ich es gewöhnt. Man passt auf mich auf. Ich muss die Welt nicht allein begreifen – Profis erklären sie für mich. Als in den USA ein Tornado durch unser Gebiet zog, pfiffen die Radios einen konstanten Warnton, unterbrochen von einer Stimme: „Gehen Sie in einen fensterlosen Raum!" Schilder belehren uns über Rehe, die die Straße überqueren könnten, gegen Steinschlag sind Netze am Abhang aufgespannt, an Strommasten zeigen gelbe Tafeln, dass sie sich zum Hinaufklettern nicht eignen.

Und was, wenn doch etwas passiert? Shawn P. verklagte *Paramount's King Island Park* auf Schadensersatz, weil er dort vom Blitz getroffen wurde. Der Freizeitpark hätte ihn warnen müssen, sich bei Gewitter nicht im Freien aufzuhalten. Hans-Josef Brinkmann aus Neubrandenburg zog gegen den *Masterfoods*-Konzern vor Gericht, nachdem er Diabetiker geworden war – von zwei *Mars*-Riegeln täglich, heruntergespült mit einem Liter *Coca-Cola*. Man hätte ihn warnen müssen, dass der Schokoriegel Zucker enthält und zu Diabetes führen kann.

Aus Furcht vor solchen Klagen schreiben amerikanische Unternehmen die absurdesten Warnungen auf ihre Produkte. Ein Angelhakenhersteller mahnt: „Vorsicht! Nicht schlucken!" Ein Kinderwagenproduzent erklärt: „Vor dem Zusammenfalten Kind herausnehmen." Auf einer Spülmaschine steht: „Erlauben Sie Ihren Kindern nicht, in dieser Maschine zu spielen." Und Schlafmittel werden mit der Warnung verkauft: „Achtung! Produkt kann Müdigkeit hervorrufen."

Hoffentlich gewöhnen wir uns nicht daran, rund um die Uhr betreut zu werden. Ein Leben, bei dem auf den Druckertonerkassetten steht: „Toner nicht essen!", oder auf einem Roller für Kinder: „Produkt bewegt sich bei Benutzung", verleitet nur dazu, den Verstand abzuschalten. Ich möchte aber lieber meine Vernunft gebrauchen. Ich will sie üben.

Denken wir noch selbst?

So, wie man durch häufiges Schachspielen besser wird in diesem Spiel, wird auch unser vorausschauendes Denken trainiert, wenn wir uns nicht alles von Profis abnehmen lassen. Und das Entfalten der eigenen Möglichkeiten gehört zu den schönsten Dingen auf dieser Welt. Ganz abgesehen davon, dass es nicht sonderlich angenehm ist, Angelhaken zu schlucken.

Entfalten Sie sich noch? Lesen Sie gute Bücher? Reisen Sie? Diskutieren Sie mit anderen über Politik, Geschichte, Filme, Musik, Entwicklungen bei uns im Land? Ich habe mir vorgenommen, nicht mit dem Entfalten aufzuhören, bis ich alt und lebenssatt geworden bin. Ich will einer sein, der die Augen offenhält. Ein Lebenskünstler.